一只大雁 飞过去了

童道明　著

四川文艺出版社

图书在版编目（CIP）数据

一只大雁飞过去了 / 童道明著. —成都：
四川文艺出版社，2016.11（2022.1重印）
ISBN 978-7-5411-4501-8

Ⅰ. ①一… Ⅱ. ①童… Ⅲ. ①随笔—作品集—中国
当代 Ⅳ. ①I267.1

中国版本图书馆 CIP 数据核字（2016）第 267937 号

YI ZHI DA YAN FEI GUO QU LE

一只大雁飞过去了

童道明 著

责任编辑 刘芳念
封面设计 叶 茂
版式设计 史小燕
责任校对 王 冉

出版发行 四川文艺出版社（成都市槐树街 2 号）
网 址 www.scwys.com
电 话 028-86259287（发行部） 028-86259303（编辑部）
传 真 028-86259306

邮购地址 成都市槐树街 2 号四川文艺出版社邮购部 610031
排 版 四川胜翔数码印务设计有限公司
印 刷 三河市嵩川印刷有限公司
成品尺寸 146mm×210mm 1/32
印 张 7.5 字 数 160 千
版 次 2017 年 4 月第一版 印 次 2022 年 1 月第二次印刷
书 号 ISBN 978-7-5411-4501-8
定 价 42.00 元

抬起头来

我觉着，在冥冥中

天上有双眼睛在注视着我

俯下身去

我觉着，在默默中

地上有丛花草在凝望着我

人类用什么语言与上苍交流？

人类用什么语言与草木对话？

不是英语、不是法语、不是俄语

甚至不是汉语

没有句型、没有文法、没有字母

甚至没有声音

——《交流》

目录

我与我的师友

激情记忆

碰上有人问我专业和职业，总要多费几句口舌。

我在大学学的是文学，现在的工作单位是外国文学研究所，拿的工资、领的津贴、评的职称都无不打上"文学"的烙印，但要是出外开会或参加什么活动，需要对我做什么介绍，更多的场合是称我"戏剧评论家"或"影视评论家"或"中外戏剧专家"。一开始，我有点尴尬，乃至惶恐，这些称谓我都能接受吗？这是否有僭越之嫌？但慢慢地对这种"在家靠文学，出外靠艺术"的活法也适应了，甚至心安理得了。

大概也是在这种心态的支配下，我在一本叫《戏剧笔记》的书里，不无快意地对"戏剧"下了这样一个定义：

> 戏剧像女人一样有两个家，一个是娘家——文学，一个是婆家——艺术。

我也奔波在文学与艺术这两个家之间，乐此不疲，这是我的"秋天的马拉松"。

1957年毛泽东在列宁山莫斯科大学的礼堂里会见数以千计的中国留学生，我亲耳听他老人家操着湖南口音赞美我们是"早上八、九点钟的太阳"。一晃三十多年过去了，"早上八、九点钟的太阳"变成了下午四、五点钟的太阳。但在人过中年之后，有时不免要回想自己的童年与青少年时代，尽管知道"我的青春小鸟"一去不复返。

我常自问最幸福的童年回忆是什么？结论是我的大部分不可磨灭的童年回忆都是与对母亲的回忆分不开的。

已经记不得是我几岁的时候（可能还没有上学），一次半夜醒来，发现母亲不在身边，我好害怕，但房里亮着暗淡的灯光，我从床上爬起来一看，见到妈妈正伏在书桌上写字。后来知道母亲是在写诗。她睡不着觉，就想诗，想好了诗，就立即起床写下来。这在我一张白纸似的灵府，刻下了母亲的永恒启示。

母亲常写诗的时候，我还看不懂诗，而当我能看得懂诗的时候，母亲不常写诗了。只是 20 世纪 50 年代末一次快到中秋节的时候，她从北京写了一首诗寄给在安徽工作的哥哥和远在国外求学的我，其中有"一家分三处，两地都思娘"两句，让我感动和感伤了好多时日。

我把母亲看成是我最早也是最恒久的老师，她的勤思好学、宽厚善良的品性影响了我的整个人生。

我在家乡读完了小学，这所小学最近刚刚庆祝了它的建校九十周年。在小学老师的眼里，我是个全面发展的学生。到了中学，特别是到了高中，兴趣就偏到文科去了。江苏南菁中学高一的语文教师陈独为先生和北京五中高三的语文教师李慕白先生都对我有过终生难忘的教诲。在莫斯科大学文学系学习时，听过很多著名教授的课，但对我后来的成长产生决定性影响的，却是一位刚刚拿到副博士学位的拉克申。

1959—1960 学年，当时还是讲师的拉克申在文学系主持契诃夫戏剧专题班。报名进班的大约有二十多个学生。我是其中的一个。拉克申讲课不带讲稿，知识的渊博令人吃惊。我头一次听到斯坦尼斯拉夫斯基体系就在他的课上。有一次他问我们知道不知道什么叫斯氏体系的"激情记忆"？我们说不知道，他便告诉我们说：激情记忆就是假如你在舞台上表演谈恋爱，就回忆一下当初你自己是怎么谈恋爱的。激情记忆多么甜蜜！

我现在想，如果当初没有听拉克申讲"激情记忆"，后来也未必有那么大的兴趣去啃大部头的《斯坦尼斯拉夫斯基全集》，也就肯定写不出《斯坦尼斯拉夫斯基体系是非谈》等长篇论文。

契诃夫戏剧专题班的最终任务是每个学员提交一篇以契诃夫戏剧为专题的学年论文。出乎所有人意料的是，在论文答辩讲评会上，拉克申老师对我的论文《契诃夫戏剧的现实主义象征》给予了好评。他当着全班二十多个俄国同学的面说："你们别以为童的论文里还有语法修辞上的错误，但他的论文风格比你们都高。"他在我的论文上写了这样的评语："这篇论文是独立思考的，写得也富有趣味。"我想这大概就是他认为值得赞许的论文风格吧。我一直把留有老师评语的论文原稿保存着，也一直把"独立思考"与"写得富有趣味"，当作我写文章的座右铭。

20 世纪 60 年代后，拉克申离开莫斯科大学，一边当科学院院士，研究很深的文学问题；一边编刊物，撰写很杂的评论文章和抒情散文。"文革"后每当中国学者在莫斯科拜访他，他总要向他们打听我，当他得知自己的中国学生也当了"评论家"时，他颇为得意。1988 年去南斯拉夫开国际戏剧评论会议，顺便托一位苏联同行给拉克申捎去一件小礼物。回北京不久，接到老师来信。他也珍视我们三十年前的师生因缘，说"但愿能在莫斯科或北京再见"。真能再见，我一定要对他说他是我一位最最了不起的老师。

但是，1993年夏天我得到了拉克申逝世的噩耗。我现在只能把本来要当面说给老师听的话说给别人听，好让别的人也知道，这二十多年来因为暗暗学习一位老师的榜样，而奔波于文学和艺术之间，结果反倒说不清自己专攻哪一项学问，以至于碰上有人问起专业和职业，总要多费几句口舌。

我家在江南

我的故乡是江苏省江阴县杨舍镇，这个江南小镇后来成长为张家港市。2008 年，《张家港日报》记者钱萍来北京对我做过采访，她写的采访记开门见山地写道："童道明，1937 年出生在杨舍镇钟鼓弄，童氏，系当时镇上的名门望族。"

我哥哥童道荣长我四岁，他研读过"童氏家谱"后对我说：我们这支童氏家族是明朝时从浙江移居到杨舍镇来的。我们的老祖宗在唐朝本姓李，后因避灾举家南迁，也把李姓改成了童姓。

我上的小学，那时叫杨舍小学，现在叫张家港实验小学。七十年过去了，还能记得小学里学过的课文吗？

还记得一篇课文和一支歌。

那篇课文是首短诗：

白雪飘，涧水冻；

山上的树木，叶落枝空。

为什么偏偏把它记住了？大概是因为它唤起了一个江南少年对于北国风光的遐想。

那支歌叫《我家在江南》：

"我家在江南，门前的小河绕着青山。春三二月，莺飞草长，牧业的春恋，在草上荡漾……别你时，我们都还青春年少，再见时，你又将是何等的模样!"

小学毕业后，我就离开了江南故乡，去了祖国的北方，后来又到了遥远的俄罗斯。

离开家乡之后，我常常独自哼唱这支歌，特别是在远离祖国的莫斯科。"我家在江南"唤起了我对故乡的怀念，我是一个比较早地记住乡愁的人。

上世纪 80 年代后，我也回过几次故乡。新世纪初，张家港一家书店邀请我和濮存昕去签名售书，我妻子付同和也随我去了家乡，随后又去常熟给母亲扫了墓。

2013 年，外孙吴童高中毕业，就要出国求学。在他远离祖国之前，我女儿童宁决定带他做一次"寻根之旅"。八月份，乘女婿吴琪去上海开会之便，他们一家三人到我故乡走了一趟。先到常熟，去虞山公墓给我母亲扫墓，他们知道母亲对于我的意义。然后去了张家港。我的小学同学张兆祥先生先把他们领到了我的母校参观，又陪他们游览市容。女儿用手机拍一张名叫"童家巷"的路牌发给了我。我想今天的"童家巷"可能就是昔日"钟鼓弄"的所在吧。

我的语文老师

　　人生旅途上，高中是个关口。《我的志向》或《我的理想》一类的作文，在小学里就做过了，但那不过是童年说梦，不作数的。到了高中，离大学的门槛毕竟近了，才真正开始为自己设计未来的蓝图。

　　我 1952 年上高一，就读于江苏省立南菁中学。第一学期考试，化学考了全班最高——97 分。写信给远在北京的母亲报告成绩，还夸下海口说将来一定要报考北大化学系。但几个月后，发生了一件意想不到的事情。

　　一天下午，我从操场打球回到教室，坐在我后边座位上的王荣昌同学郑重其事地告诉我："童道明，刚刚陈独为老师到教室来过，他正在判作文卷子，他说你这次作文写得非常好。"我现在还记得听到那句话时的心情。一生中我有过几次"受宠若惊"的体验，这可能是头一次。要知道，先前我从未听到老师夸奖过我的作文。第二天我把这件得意的事写信告诉母亲，从此不再提报考北大化学系的事。

　　四十年后，我有机会到江阴市重访南菁母校。母校已经完全变了样。过去我上课的教室，吃饭的食堂，住宿的寝室都已不复存在，我迷失在新的教室楼群之间。一位老师走过来问——"您是校友吧？"我点头说是，他热情地把我请到校长办公室。交谈中，我特地探问陈独为老师的情况，但谁也说不出他的下落。呵，我真想告诉陈老师，我后来选择文学专业的第一个动因，就是四十年前他对我的一篇作文的一句赞扬。

1953年秋，我转学到北京。插班考试时还有个小插曲。语文试卷上有道题是古文《晏子使楚》的今译。但试卷上不知哪位马大哈把"使"字错印成了"侠"字。我举手向监考老师提出质疑。监考老师面有难色，说需要去问问其他老师。五分钟后她回到考场，宣布"侠"确是"使"字之误。我那天在考场里的情绪当然很好，考试成绩大概也不错，我转学到了北京一所很有名的重点中学——北京五中。

高二这学年我的各科成绩都处于中游。连写的作文也没有得到过语文教师的美评。但我对文学却是越来越有兴趣。北京五中在东城区东四十二条对面的细管胡同，我住在东四六条，七条八条这两条胡同之间当时有家门面不太大的书店，放学回家我常常拐进书店看书。那年正值纪念世界文化名人屈原，书店里有好几本关于屈原和《离骚》的书，我就是站在书店的书架前断断续续看完的。记得有本书里说，《离骚》结尾的那段"乱曰"，已经暗示了屈原自沉汨罗江的悲剧性结局。我便在书架前反复默诵那几句充满诗人悲愤的"乱曰"，直到完全把它们背熟。四十年过去了，但我还能把这几句曾经震撼过我的诗句默写出来——"已矣哉，国无人莫我知兮，又何怀乎故都，既莫足与为美政兮，吾将从彭咸之所居！"大概也是在1954年，我在北京中山公园音乐堂观看了赵丹主演的郭沫若的名剧《屈原》。后来到莫斯科留学，我问过一位爱好中国古典诗歌的俄国人最喜欢哪位诗人，他说屈原，我听了并不感到意外。

高三那学年是最要紧的。那一年学校给我们配备了全校最优秀的老师。语文改由李慕白老师授课，他是当时北京市有数的几位语文特级教师中的一个。李老师五十岁开外，戴深度近视眼镜，背微驼，走路不慌不忙，且目不斜视，他很关心自己的仪表，衣着也考究，我印象里他没有穿过当时流行的蓝布干部服，他不古板，还颇有幽默感，但他好像不太合群，给人独来独往的感觉。除了上课之外，他平时也极少与同学来往。只是我们快毕业的时候，他出乎意外地给我（我负责班里的板报）送来一篇他写的诗稿，算是对于即将离校的我们的祝福。李老师写给我们的祝福是我抄到黑板报上去的，我还记得开头的一句——"你们正沐浴着雨露阳光……"

与其他同学相比，我从李慕白老师那儿得到的"雨露阳光"可能更要多一点。因为我得到他的鼓励最多，但我现在想要说的是他对我的两次刻骨铭心的批评。

李老师与有些语文老师不同，他既不欣赏中学生写辞藻华丽的美文，也不鼓励我们写慷慨激昂的时文。他在作文讲评课上就嘲笑过假大空的"新八股"。他认为中学生写作文应力求言之有物，生动简洁。有一次我把一段描写春景的文字直接从《人民文学》抄进了一篇作文里，原本以为能得到称许，谁知偏偏是这段抄来的"美文"招来了李老师的批评，他说这是"画蛇添足"，这对我的教育非常深，从此我把"辞达而已矣"的道理牢牢记在了心里。李老师对我的另一次批评，是我有篇作文竟然出现了八个错别字。李老师用红笔一一勾出，并画了八个触目的空格要我改正，还在批语中加了这样一句——"……唯错字太多，不忍卒读！"这样的批评，也能让我铭记一辈子的。

李老师的作文命题也有特点。他总想把作文题目出得有利于同学自由自在地写出自己的真实感受，有利于调动我们独立思考和想象的自觉。比如，我们看了一部名叫《黑孩子》的苏联电影之后，他就出了个《电影（黑孩子）观后》的作文题。走上工作岗位之后我写过不少影视剧评，但我要说，我写的第一篇影评，是在李慕白老师的指导下写成的。

现在回过头来看，我觉得李慕白老师的语文教学观念与方法是很对头的。大概是七八年前，我从书店买到一本叶圣陶先生的《未厌居习作》。叶先生在《自序》中说到了中学语文的教学问题——

我常常想，有志绘画的人无论爱好什么派头……总得从木炭习作入手。有志文艺的人也一样，自由自在写他的经验和意想就是他的木炭习作。无奈我们从前的国文教师不很留心这层，所出题目往往教我们向我们自己的经验和意想以外去寻话说，这使我们在技术修炼上吃了不小的亏。

我读到这里的时候，就想到了李慕白老师，想到了他是一个有效地在作文上"修炼"过我们，让我们能把自己的经验和意想畅畅快快地写出来的老师。我对李老师一直是心存感激的。

然而，李慕白老师后来的命运很不幸。1957年他被划为右派。"文革"风暴中李老师和也是当教师的夫人一起自杀。"文革"浩劫之后，李先生的女儿、著名话剧演员李婉芬同志写了个名叫《老师啊，老师!》的话剧。这个话剧由北京人民艺术剧院演出过。剧本主人公的原型就是李慕白老师。

一份译稿的诞生

1970年初夏的一天，工人、解放军宣传队向我们外国文学研究所全体人员宣布下放"五七干校"的具体日期。大家的反应出奇的平静，既没有喜形于色的，也没有愁云满面的。各人心里当然会有各人的"活思想"，但那都深藏在各人的心里边了。我们的干校在河南息县，属信阳地区，就是杨绛先生在《干校六记》里描述的那个地方。

下干校是"连锅端"，走之前要腾办公室。腾办公室实际上就是往外搬书，像我们这样的书生，除了书之外没有什么私产。书搬到哪去？搬回家去？还是搬到废品收购站去？我们也当了一回哈姆莱特，面临了一个类似"存在还是毁灭"的问题。结果很多人选择了"毁灭"。反正我是把办公室里整整一个书架的书都称斤当废纸卖了，那里边有《普希金诗集》、有《契诃夫小说选》……就是现在我也很难说清那时把心爱的书当成废纸处理时的复杂心情。是顺应时潮的顺从？是随波逐流的无奈？还是自暴自弃的绝望？或是自我决绝的反抗？是痛快淋漓？还是痛心疾首？

收拾行装的时候，还有一番思想斗争。在必备的四卷毛著和一本红色语录之外，是否还带本与我曾经从事的俄苏文学专业多少有点关系的书去？先是想不带也罢，但临到最后要托运行李的时候，还是把一本薄薄的俄文书塞进了箱子里。那是一本1957年苏联艺术出版社出的袖珍本剧本《工厂姑娘》。还是不甘心啊，还是不愿完全放弃，没有办法。然而也多亏有了这个临行前的"一念之差"，多亏有了这本《工厂姑娘》，我才得以在闲暇时读一读这个以青年女性为主角的外国剧本，破一破干校生活的沉闷与单调，并由此产生了把这个剧本翻译过来的热望……

《工厂姑娘》是苏联20世纪50年代一部名剧，剧作者是苏联"新浪潮"戏剧的代表人物沃洛金。这个戏反映了在苏联社会"解冻"环境下的普通人的心灵复苏。当我在干校的茅屋里偷偷阅读这个剧本，与那个名叫仁涅卡的戏剧主人公的心灵世界亲近的时候，我也得到了某种心灵的慰藉。

我曾经苦苦地玩味过仁涅卡的一句说给女友听的台词："你知道，我小时候是什么样子的！我记得，我加入少年先锋队不久，有一次我在孤儿院的走廊里跑，突然间，我从收音机里听到《国际歌》的乐曲声。大概是在转播什么地方的一个大会。于是，我立刻站住了。把手举起来行少先队礼。我就一个人站在黑暗的走廊里，心里感到有一种崇高的东西……现在有时我也有这种感觉。难得有了，但有时还有。"

当我玩味这句台词的时候，只能向自己坦白承认，我像仁涅卡一样地怀念逝去的童真、青春与纯真。从1966年的"文革"开始，从斗"走资派"到斗"516"，先前觉得很崇高的斗争哲学变得有些滑稽起来，我以另一种方式体验着"崇高"的迷失。而当包括"五七干校"在内的政治运动的"崇高"感与你的青春生命一起被销蚀的时候，你的心里有一种无可名状的失落，虚度年华的悔恨随之不时地向心头袭来。于是，我在干校的田野上常常不由自主地默诵俄国诗人莱蒙托夫的两句诗："时光在流逝，那是最好的时光！"于是产生了一个想法：我要是能把《工厂姑娘》翻译出来，也多少能满足我的被压抑了五年之久的精神需求。但问题马上来了，剧本我都是背着大家偷偷读的，我怎么能在干校的众目睽睽之下翻译它呢？当我的翻译欲望强烈得不可遏制的时候，我向干校连部领导提出了到信阳看病的申请。倒也不是装病，下放干校一年之后，感到我的类风湿关节炎变严重了。领导也通情达理，准了我假。

我是 1972 年 5 月 16 日离开干校的，一到信阳便直奔信阳第二招待所。办好手续，住进招待所的一间幽暗的平房。房间里有几张床铺记不得了，只记得房间中央有张桌子，暗红色的，一个二十五瓦的灯泡吊在离桌面两米高的地方。我甚至没有跟同屋的两个人（或三个人）寒暄几句，便迫不及待地坐到桌旁，拿出《工厂姑娘》和一个笔记本，旁若无人地翻译了起来。因为剧本已经读过好多遍，情节已经烂熟于心，翻译起来十分顺手，可以说是手不停挥地在本子上书写着，只是到了翻译诗句的时候，才停下来沉吟一番——

爱情可不是长椅上的声声叹息
爱情也不是月光下的双双倩影

把这两句诗翻译出来的时候，我是很得意的，甚至思想一时走了神，以为"长椅上的声声叹息，月光下的双双倩影"也不失是一幅万古常新的爱情的图画。我一边翻译着，一边陶醉着。从1966年"文化大革命"开始以来的六年中，我头一次动笔翻译，头一次感受到了精神劳动的欢愉。我不知道那天怎么吃的饭，我只知道我坐在那张暗红色的桌子前一门心思地翻译《工厂姑娘》，一直翻译到熄灯睡觉。躺在床上一时难以入眠，我很兴奋，也很痛苦，我想到了一个道理：在"文化大革命"里当知识分子是很难的，但让一个已经是知识分子的人不再当知识分子，那可能是更难的。

第二天一早到信阳地区医院挂号看病，挂的是骨科。我说腰痛，请大夫给我腰椎以上拍张X光片。大夫根据她给众多"五七战士"看病的经验，判断我可能是腰肌劳损，骨头不会有问题的，不过还是给我开了X光片申请单。但当X光片报告出来之后，大夫的脸色陡然变了。X光片显示，我的脊椎已"呈竹节样改变"，这是强直性脊椎炎的典型病象。大夫为了对我表示同情，友善地建议我在医院做一番治疗，我告诉她我只有三天假期，大夫摇摇头，叮嘱我回干校之后不要贪凉，不要太累，我点点头，心里想着快快赶回招待所把剧本译完。

两个笔记本都用完了，我把最后的译文写到了已经没有用了但还留下几页空白的信阳医院病历本上。快三十年过去了，我还保留着这本写满译文的病历本。留在病历本上最后一页的最后一段译文是这样的——

仁涅卡（唱）工厂里的姑娘

我没有把你看上，

我没有把你爱上，

我也没有让你遭殃。

啊，工厂里的姑娘，

我不过是戏谑两句，开怀一笑，

求个内心里的舒畅，

[舞台上的灯光渐暗]

[幕落]

　　右下边还注有一行小字——1972 年 5 月 18 日下午 2 时回明港前在信阳第二招待所译完。

　　唉，现在想来，我当年憋着劲儿翻译这个剧本也不过是为了"求个内心里的舒畅"，根本没有想到它后来还能派上用场。"文革"结束后，外语教学与研究出版社向我征稿，我把这份在特殊条件下完成的译稿交给了他们，中译本《工厂姑娘》终于在 1981 年 3 月出版。

几点记忆与思索

一

1934 年鲁迅先生主编的《译文》问世，虽然刊物仅生存了两年，但它在中国文化史上的意义不可小觑。

新中国成立之后的 1953 年，中国作家协会复办《译文》，无疑有着承继鲁迅《译文》遗产的用意，直到 1959 年由周扬提议将刊名改为"世界文学"。

我不知道周扬力主改变刊名基于何种考虑，但我能想象得到鲁迅当年将此刊定名为"译文"的一个理由。这个理由可以在鲁迅的《鼻子》译者后记中找到，这篇署"许遐译"的译文就发表在 1934 年 9 月 16 日出版的《译文》第一卷第一期上。

鲁迅的译后记在给小说作者果戈理做了扼要介绍之后，写了这样一段话："他的巨著《死掉的农奴》（即《死魂灵》）除中国外，较为文明的国度都有译本，日本还有三种，现在又正在出他的全集。这一篇便是从日译全集第四本短篇小说集里重译出来的。"

果戈理的文学作品，"较为文明的国度都有翻译本"，咱们的近邻日本"现在又正在出他的全集"，独有咱泱泱大国中国，果氏文学巨著的译文还是一片空白。鲁迅先生坐不住了，译完《鼻子》，拖着病体，奋力翻译《死魂灵》。这让我十分感动，我在当年日记上也写了这样一段感言："文化人要有文化的担当——昨读鲁迅译《鼻子》，想到他拖着病体，拼出老命翻译《死魂灵》的壮举。"

鲁迅当年创办《译文》，是满怀着一种文化的使命感的。这种文化的使命感就是：即便是在对于域外文学名著的翻译上，也要让中国不落人后，能自立于世界上"较为文明的国度"之列。这就是鲁迅当年创办这个刊物并定名《译文》的一个理由。

二

《译文》复刊的 1953 年，我恰好从一个江南的小县城转学到了北京城，那年我读高二，对文学已有兴趣，《译文》自然也成了我的读物之一，因此记住了刊物隆重推荐的两个革命诗人的名字——土耳其诗人希克梅特和智利诗人聂鲁达（我记得他有首诗的题名很别致："伐木者，醒来吧！"）。

这种少年时代的选择性记忆竟然也能影响到我后来的选择性阅读。

如果不是因为我有对于希克梅特的记忆，恐怕后来就不可能怀着极大的兴趣阅读希克梅特夫人的回忆录。2005 年我写过一篇题为《良心的重负》的随笔，讲到法捷耶夫之死，就引用了这篇回忆录里讲述希克梅特在法捷耶夫自杀前一天与死者会面的情景。

而在收进我的散文集《潘家园随笔》的一篇随笔里，我还有意识地与聂鲁达做了一次呼应，将他引为同调：

有人曾问智利诗人聂鲁达："您最喜欢哪个俄文单词？"聂鲁达回答："Хорошо（读作'哈—拉—晓'！即'好'的意思）。"

诗人住在海边，他觉得大海仿佛每天都在向他发出"哈—拉—晓"的呼喊。

如若有人问我在俄罗斯留学五年中说的、听得最多的俄文单词，我大概也要回答说是"哈—拉—晓"。

三

1964 年外国文学研究所建所，请来北京大学西语系主任冯至先生出任所长。这个新所由原文学研究所剥离出来的几个外字号的组室与原属中国作协的《世界文学》编辑部合并而成。这样，外国文学研究所一下子出现了五位知名诗人——冯至、卞之琳、袁可嘉、邹荻帆、李野光，再加上画家高莽，以及诸多译界名流，这个新生的文化单位的文化底蕴一下子丰厚了起来。

1964 年正值"四清"运动开展，记得《世界文学》编辑部的人员大都下了安徽寿县农村的。与我在古堆大队的一个村子里一起"蹲点"的，就是来自《世界文学》编辑部的忠厚长者方土人。

方老先生（他那时已年过花甲）的姓名，也给睿智的袁可嘉先生提供了释放他幽默智慧的机会。他好像做了这样一副对联——

俄文叶水夫

图书方土人

四

1976年"文革"结束，1977年《世界文学》着手复刊。编辑部向巴金约稿，巴老很快寄来赫尔岑的《往事与深思》，有三万来字。

赫尔岑的这部回忆录，我在大学时代就学习过。但对于它的重新认识，却是在巴金倾心翻译这篇文献巨著之后。

我们知道，在"文革"的炼狱中，帮助巴金在心灵上获得新生的是两部文学名著：一是但丁的《神曲》；一是赫尔岑的《往事与深思》。

我曾探究过这样一个问题：为什么《往事与深思》能在"文革"的苦难中成为启迪巴金精神解放的文学名著？我在2012年创作话剧《蓦然回首》时，终于有机会把我的这个探究之后的发现说了出来。

这个剧本里有一场巴金与曹禺梦中相遇的戏，我给巴金写了这样一大段台词：

我还要感谢意大利的但丁和俄罗斯的赫尔岑这两位作家，在精神上，首先让我苏醒过来的，就是写《神曲》的但丁。从 1969 年开始，我迷恋上了但丁的《神曲》……后来，我又迷上了赫尔岑的《随想录》，我下决心要把它翻译成中文。当我译到该书第六卷第九章时，我激动得要流出眼泪，你听听赫尔岑是怎么说的呀！"认知真相，这就是出路，摆脱假话，这就是真理。""谁也不是不可缺少的，但每个人都可以成为不可代替的现实力量……人有什么要说的，就让他说，有人会听；他心里有什么信念，就让他宣讲。"是的，是的，最最要紧的是"认知真相，说出真话"，以后如果能活到云开日出之日，我就出来写文章，不说空话，更不能说假话，我可能说得不一定对，但写的一定是真话，我的主张是：讲真话，把心交给读者。（顿）我就怕我对不起我在那十年中遭受的苦难……

五

我虽然喜欢自己写点或译点什么，但对《世界文学》的贡献很少。有点反响的，是 1986 年给《世界文学》翻译过俄罗斯剧作家阿尔布卓夫的一个剧本《女强人》。后来大连话剧团把这个剧本搬上了舞台，主演剧中女一号的夏君由于这个角色的出色创造，1991 年与濮存昕以及宋丹丹一起获得了中青年演员表演艺术的最高赞赏——"梅花奖"，而且还是唯一的一位因一个外国剧目的演出而获奖的演员。夏君后来常感谢我翻译了这个剧本，其实她更应该感谢刊载了我的译本的《世界文学》。

2002 年我从外国文学研究所俄罗斯室退休，我的学生苏玲不久也调到了《世界文学》编辑部工作。退休之后，我一两个月来外文所一次，先到俄罗斯室看看，也到苏玲的那个办公室小坐片刻。处处感受到青春的力量，于是想说，尽管《世界文学》走过了六十个年头，但它依旧青春焕发。

青春最美丽[①]

　　人到中年，诗人冯至写了一首追怀青春岁月的诗——《那时》，副标题是："一个中年人述说五四以后的那几年"。他写这首诗的时候，曾称誉他是"中国最为杰出的抒情诗人"的鲁迅先生已过世好几年。

　　人到中年，冯至夹缠在老年人和青年人之间，冯至最不赞成的，是有些高高在上的"长者"对于很有才华的"来者"的压制。1944 年在昆明，冯至写了篇文章，感慨青年才俊"有的像是石下的小树，要伸腰无从伸腰，有的像是壅塞的流水，要前进无从前进，他们都在重压与壅塞的状况下凝滞了"。

　　冯至逝世五周年，外国文学研究所开了个追思会，追思这位学贯中西，著作等身，对青春、对"来者"怀有巨大热忱的忠厚长者。留下印象最深的，是牛汉、邵燕祥两位诗人的发言。牛汉先生说到曾经有过的一次对于朦胧诗的集体批评，他说："在诗坛的老前辈中，只有冯至先生不批评朦胧诗，冯先生说，要相信年轻人会在成长的过程中自己校正自己的偏颇。"邵燕祥先生说起他在北美的一个集会上听到有人朗读冯至的《那时》，便怀着诗人的激情，背诵了一节《那时》的诗句：

---

① 　本文创作于 2005 年。（编者注）

那时像离开马棚的

小马，

第一次望见平原；

那时像离开鸟巢的

小鸟，

第一次望见天空

　　去年，张仁里老师写了本书，叫《启航》，回忆他与姜文、吕丽萍等中戏表演系学生"教学相长"的历程，让我作序，我在序文里也引用了冯至《那时》里的那些礼赞青春的诗句。我喜爱冯先生的这首写于1947年的诗，赞叹他把朝气勃勃的生命律动，用浪漫的诗意形象点破。

　　十年前，我写过一篇关于普希金的短文，题目是"青春生命活跃"。普希金有一首特别让我感动的诗，叫"我又一次来到"，记录了他1835年秋天重访米哈伊洛夫斯克村，见到他以前没有见到过的三棵新松之后的激动。"你好，陌生的年青一代"，这句普希金名言，就写在这首诗里。

　　真正的诗人都是美的赞美者，而青春最美丽。

想起李健吾①

　　春节，濮存昕从上海来电话，说他 4 月份要来北京演《雷雨》，说达式常把周朴园演得有新意。2 月 28 日，从《北京青年报》读到该剧导演陈薪伊一则谈话："命运这个主题在这部戏里很重要。"我立刻想起了李健吾先生。1935 年他以笔名刘西渭写《雷雨》剧评，点明："在这出长剧里面，最有力量的一个隐而不见的力量，却是处处令我们感到的一个命运观念。你敢说不是鬼差神遣吗？否则，二十年前的种子，二十年后怎么会开花结实呢？"

　　"命运"，是李健吾深切思考的一个涉及神秘宇宙人生的命题。他的小说《终条山的传说》里有这样一句："那些伟大的山河常常在他们安眠后，随风呼号，哀自身不为俗民赏识——命运是如此呵。"散文《说一叶知秋》里还有一句："人生的悲喜剧是由于'命'和'运'连了起来"。

　　《说一叶知秋》该是李先生的散文代表作吧，它的开篇就湛然有味：

　　　　"一叶知秋"这句话说得有意思。淮南王头一个说这句

---

① 本文创作于 2005 年（编者注）。

话，挺像一个得道的人，窗明几净，忽然庵檐之下飘来一片似黄未黄的叶子，觚微知机，恍然于时令潜移，有添夹衣的必要了。显然这片叶子不是人力摇落的，因为凡是沾着一点人力味道的变化，我想选一个字来说明它的内容，那也许就是"命"。

李健吾当然是个散文大家，他的《雨中游泰山》不断被选家选进各种各样的散文集子里。但李先生更大的贡献是在文学评论上。上世纪 80 年代至今已有好几本李先生的评论文集出版。1998 年出的那本还有吴小如先生的序言，吴先生说："我深信健吾先生的文学评论文章是一定会重现辉煌的。"

这是对的。健吾先生的《雷雨》命运主题论，现在不是又重见天日了吗？让我们叹服的，是李先生自由而独立的评论品格，他写评论文章不看旁人眼色，他的评论文字像散文一样文采斐然。让我引一小段李先生 1946 年给沈从文的《湘西》写的书评："他爱水，水在土里面流，也在他的字句之间流。文字原来就有感觉，山水再把美丽往感觉里送。"读李先生的文章，扑面而来的，是大气和灵气。

李先生是莫里哀的研究者和翻译者，他常对别人说，莫里哀是死在舞台上的。

1673 年 2 月 17 日晚上 10 时，莫里哀主演《没病找病》，死在了舞台上。

1982 年 11 月 24 日下午 4 时，李健吾伏案写作，死在了书桌前。

莫里哀和他的中国知音，都没有缠绵病榻，都死得一点不拖泥带水，都死在了为之奋斗一生的岗位上。你敢说这不是命运的巧合？

人在风景中^①

写过冯至、李健吾后，还想说一说卞之琳。这三位都是人好学问也好的老前辈，但"文革"前年轻人对他们的称呼是不一样的。我们不管当外国文学研究所所长的冯至叫冯所长，而是亲切地叫他冯至同志；李健吾是党外人士，我们尊敬地叫他李先生，或健吾先生；卞之琳呢，我们干脆叫他老卞，可见他是老前辈中最能和青年人打成一片的。

卞先生很规矩谦和，但也常常出人意料。他是莎士比亚专家，但20世纪60年代初他却写了一部很有分量的研究德国戏剧家布莱希特的著作——《布莱希特印象记》；他是诗人，但80年代初他投寄给《北京晚报》的却是杂文《漏室鸣》。这篇分两天登完的文章，讲述他遭遇的居室漏雨之苦，行文诙谐，怨而不怒。《北京晚报》是当时北京唯一的一家晚报，发行量极大，卞先生一时间也因此在北京老百姓中间获得了知名度。一次到医院看病，医生见到病历上的名字，就问："您就是写《漏室鸣》的吧？"卞先生哭笑不得。

卞先生很方正、耿直，但说话爱绕弯子，有人因此觉得他说话啰嗦，但牛汉先生说："卞先生即使啰嗦也啰嗦得可爱。"这是

---

① 本文创作于2005年。（编者注）

因为卞先生这个人可爱。

照我说，"绕弯子"是卞先生的一个独特的思维方式。他的文章，如上边提到的《布莱希特印象记》《漏室鸣》，都被他"绕弯子"绕出了深刻和精彩。我现在想，就是他的那首名篇《断章》，好像也是有卞之琳式的"绕弯子"痕迹。

你在桥上看风景，

看风景人在楼上看你。

明月装饰了你的窗子，

你装饰了别人的梦。

有了"看风景人在楼上看你"这一"绕"，就默契了人与自然的联系，在桥上看风景的人，也就进入了风景之中，卞之琳于是给我们拓开了一个新的审美空间。从此我们再读李白的"相看两不厌，只有敬亭山"，就有了"人在风景中"的联想，因为"相看两不厌"的诗人与敬亭山，都成了我们的审美对象。

《断章》是卞之琳不朽的代表作。卞先生去世，有家报纸的标题是《写〈断章〉的诗人去世了》。

卞先生去世前好几年就不出家门了。热心的年轻人张晓强倒不时去看望看望他，回来还告诉我们一个他的发现："卞先生喜欢吃炸马铃薯片。""为什么？""他喜欢听马铃薯片咬碎时发出的响声。"我听了一怔，心想：卞先生好寂寞。

我给于是之拜年

　　2015年2月3日中午，我给中国国家话剧院演员伊春德讲契诃夫。北京正在演出《爱恋·契诃夫》，小伊在剧中扮演契诃夫的恋人丽卡·米齐诺娃，她想对契诃夫有更多的了解。

　　聊过契诃夫，我又谈起了与契诃夫性格有几分相似的于是之，也说到了这位中国一代名优晚年僵卧病榻的往事，她听了眼泪在眼眶里打转。这时恰好《深圳晚报》编辑李福莹发来短信，约我写篇与"过年"相关的文章，我立即应允了下来，文章的题目也刹那间跳进了脑海——《我给于是之拜年》。

　　就在这天夜里，我梦见了于是之老师，这真是"日有所思，夜有所梦"。

　　按说我是个不爱"拜年"的人，但我却从上世纪80年代中期起，年年都要给于是之拜年，而且年年都是选择年初三下午两点左右去于府拜年。

　　那时，于是之先生还在北京人民艺术剧院副院长的任上，去老于家拜年的人还是不少的。1992年于是之从院领导岗位上退下来之后，去他家拜年的人就明显地少下来了，而且是逐年减少。我给于是之拜年，可不是那种进门、落座、寒暄十分钟后起身告辞的礼节性拜年，我的"拜年"耗时没有少于一个小时的。在拜年的过程中，除了向于老师表示敬意之外，还要向他讨教一些艺术上的问题，而他也有与我聊天的兴趣。比如，于先生对我说，他最近看了个什么电视剧，觉得其中一个演员很好，我问好在哪？他说"一看就知道这是个有文化的演员"。他又说某某演员的表演有毛病，我问毛病在哪？他说是"过火表演"。

有一次春节拜年，在交谈中还触及了一个比较敏感的问题，有关于是之舞台艺术的研讨，常要碰到一对矛盾："公众舆论"与"个人意见"的矛盾。哪一个角色创造是于是之的最高艺术成就？"公众舆论"自然是一致指向《茶馆》中的掌柜王利发，但老于本人却一再说："《骆驼祥子》里的老马要好一点"。我把这个"矛盾"摆到老于面前，他没有对抗"公众舆论"，只是再一次说到了他的"胡同情结"和"平民意识"，说起他小时候住在一个北京的大杂院里，里边就住着一个拉洋车的老郝叔……

这样，我们就能完全读懂于是之先生当年在《幼学记事》中写的这一段文字了：

> 老郝叔早已作古，他无碑无墓，所有的辛劳都化为汗水，洒在马路和胡同的土地上，即刻也就化为乌有。他奔波一世，却仿佛从未存活过人间。说也怪，人过中年，阅人遇事也算不少了，但对老郝叔我老是不能忘记，总觉得再能为他做些什么才可以安心似的。

于是之用《骆驼祥子》里老马这一角色的杰出创造，为"无碑无墓"的老郝叔们立了一座艺术的丰碑。

1997年是牛年，也是我的本命年，这年的春节拜年给我留的印象最深的是身体已经明显在走下坡路的于先生，在于夫人李大姐的帮衬下，奋力给我写了张条幅，就一个大字——牛。我拿回家去装裱后，挂在了我每天都要面对的那面墙壁上，我固执地想过，这也许是于是之的最后一幅送人的墨宝了，因为不久他就失去了握管的臂力了。

1998年之后去春节拜年见老于，心里很难受的，但心里再难受还得去拜年。我2005年写了篇题为"感激的答谢"的文章，写到了当时的那种心境：

从1999年起，每次拜年，于夫人一定会对已经变得木讷的于先生说："瞧，谁来看你了！你的老朋友老童来看你了！"老于目不转睛地看着我，还用手朝我指指，嘴里发出含混不清的声音，李大姐便兴奋地喊道："他认出来了！他认出来了！"年年如此，只不过李大姐说出"他认出来了"的自信心在逐年递减。

今年春节我们终于无奈地确认：老于完全认不得人了。我在双眼紧闭、一脸茫然的于先生面前，坐了一个来小时，一边和李大姐说着话。我知道我的到来，只能给李大姐带来点宽慰，让她知道，一些深得老于友情温暖、深知老于人情至深的人，是会永远感念老于的……

与李大姐聊天就是谈家常，但有一次我向她问起了于是之老师在"文革"中的遭遇。大姐只是淡淡地说："那时老于常常独自一人到天安门广场去流泪。"我听了很是感动，但接下来出现的一个场面，更让我感动。李大姐抽身到另一个房间去拿来一个薄薄的笔记本，说"文革"中把老于的很多文字资料都抄走了，后来又悉数归还，但老于把这些资料全都拿到剧院的锅炉房里烧掉，只是把这个笔记本带回了家里。我拿过笔记本一看，里边抄写了不少关于爱情的名人名言和名诗，这个本子见证了上世纪50年代初老于和李大姐谈恋爱时的美好时光。记得本子里还抄写了俄国诗人施巴乔夫的一首爱情诗，其中有几句照我的翻译应该是这样的：

> 爱情不是长椅上的声声叹息
> 爱情也不是月光下的双双倩影
> 爱情是一首美丽的歌
> 但谱写好这首歌并不容易

老于和李大姐夫妻恩爱一辈子，从老于进协和医院住院到病逝的近十年间，大姐每天都要去医院陪老于几个小时，我也照例在每年的正月初三去给老于拜年。我每次走进病房，大姐照例要走到病床前大声对老于说："老童来看你了！"有时老于毫无反应，有时则能看到有两滴眼泪从他那半闭着的眼睛里滑落到了脸颊上。这时李大姐和两位看护老于的村姑便会欣喜地喊着"他听到了！他听到了！"我则默默地站在一边，百感交集。

我最后一次给于是之拜年，是在2012年正月初三，那次我是和戏剧家协会的王育生先生及黎纪德先生一起去的，李大姐见到我们三个人同时出现在老于的病床前，显得格外地高兴。

于是之没有活到 2013 年的春节。他是 2013 年 1 月 20 日 17 时 19 分逝世的。第二天我写了首《哭是之》——

留在这个世界——不能
离开这个世界——不忍
唉……
留也销魂
离也销魂
情也纵横
泪也纵横

现在该说说我为什么每年要去给于是之拜年了。利用拜年的一两个小时，向他当面讨教，亲承馨咳是一方面，但并不是主要的方面，我每年都去给于是之拜年，归根结底是因为我对他有深深的爱。可以这样说，我像爱俄国作家契诃夫那样地深爱着于是之。我常对人说，于是之是与契诃夫有几分相像的，他们两个人都是极其善良的人，而且他们的文学的、艺术的成就，都是与他们的善良天性分不开的。爱伦堡在《重读契诃夫》一书中说："如果契诃夫没有这样少有的善良，他就写不出他已经写出来的这些作品。"

我现在也可以这样说：如果于是之没有这样少有的善良，也就演不出他已经演出来的这些戏剧人物形象——从《龙须沟》的程疯子，到《骆驼祥子》的老马，到《茶馆》的王利发，到《洋麻将》的魏勒……所以他会在一篇谈艺的文章中说："无情无义"

的人是当不成演员的。

一个真正善良的人，必定也是个善解人意的人。这样的人一定会放射出春风化雨般的亲和力。我在剧本《契诃夫与米齐诺娃》（即《爱恋·契诃夫》）中，让剧中的丽卡·米齐诺娃向契诃夫说了这样一段台词："我与不少名人打过交道，只有在你安东·契诃夫的身边，我才能非常自由地呼吸，不需要正襟危坐，不需要曲意逢迎，不需要乔装打扮，而是作为一个真实的自己。"

这就是当年我如沐春风地坐在于是之老师身边的自我感觉。

纪念冯至

—— 在 2015 年 9 月 19 日冯至诞生 110 周年纪念会上的发言

　　我不是冯老的入室弟子，冯老的朋友圈里也不可能有童道明的名字。但是我偏偏写了个以冯老为主人公的剧本。因为我常对人家说，在中国作家里，我最喜欢冯至；在外国作家里，我最喜欢契诃夫。所以我写了向契诃夫致敬的剧本《我是海鸥》之后，就又写了一个献给冯至的剧本——《塞纳河少女的面模》。

　　构思写这个剧本时，曾跟姚平说过，我说："我要写冯老，但是我现在不跟你讨论怎么写，等这个剧本印出来我再给你看。"我是在 2005 年动手写的，恰逢冯老诞辰 100 周年，但初稿一直搁在那里。到了 2009 年 7 月 11 日，季羡林先生去世。我觉得这标志着中国黄金一代知识分子的整体性谢幕，我可以把这个剧本写完了。我就问姚平："冯老跟季老的最后一次谈话是哪一天？"她说是 1992 年 11 月 27 日。我很快补写了一场冯老与季老的对手戏，然后把剧本分别交给了《剧本》月刊和蓬蒿剧场。剧本是在该刊 9 月号上发表的，蓬蒿剧场则选在冯老诞辰那天——9 月 17 日做了首场演出。

　　这个剧本刊登后，引起了一些日本研究中国戏剧的学者与冯至研究者的关注。后来有一家日本的戏剧刊物，刊登了一组评论文章，其中就有今天在座的佐藤教授写的一篇。

这个剧本里也有汝信先生出场，但剧本里他顶着"领导"的称谓。他便问我："我不过是冯老的一个晚辈知识分子，你干吗称我'领导'？"我说："你那天就是以社科院领导的身份去协和医院看望冯老的呀。"他就不说话了。我便和他商量说："是不是可以这样，我直呼其名，把你汝信的名字，放在剧本的人物表里？"他说可以。我又问："那我给你编写的台词你同意不同意？"他说同意。

姚平同志读过剧本后跟我说，她对剧中的一句台词有疑问，她是指这一句台词：

> 冯至：还可以老夫聊发少年狂吗？我现在就来个少年狂，在如今活着的诗人里，我是唯一一个得到鲁迅表扬的。
>
> 季羡林也兴奋起来：在唐朝的玄奘之后，我是第二个真正懂得梵文的中国人。现在懂梵文的中国人，都是我教出来的。

季老这句话，就是他的原话，我在电视里听到的。冯老这句台词是我编写的。姚平同志说："我父亲不会说出这样的话来的。"姚平的这句话让我听了满心高兴。冯老多棒啊！冯老是个多么谦虚的人啊，是个多么低调的人啊！但是我不肯改掉这句台词，因为如果改了的话，季老的那句台词就出不来了。而且毕竟有"老夫聊发少年狂"的前提条件啊。

让我感到欣慰的是，冯老的亲人们都很正面地接受了这个剧本。我听说，姚平的妹妹姚明读了我的剧本哭了。在剧场里也有好多人哭。中央电视台的敬一丹跟我说:"童先生,我一直想不哭,但是我还是忍不住流泪了。"什么时候她忍不住哭了?就是听到了那句台词:

> 再也不批判人道主义了;再也不焚烧青春的书信了;再也不砸碎少女的面模了。

有没有人提意见呢?有的。一次演出之后,有位同志向我提问说:"这个剧本里为什么有那么多关于死亡的内容?"我说:"冯老的死亡太美丽了,冯老的死亡震撼了我。"

我知道有三个美丽的死亡。一个是歌德的死亡。歌德死亡前让人把所有的窗户给他打开,因为"需要更多的光"。一个是契诃夫的死亡。契诃夫在死亡前喝了杯香槟酒,说:"我好久没有喝到香槟酒了。"还有一个就是冯老的死亡。

汝信作为中国社会科学院的领导问将要走到人生终点的冯老:"冯老,您还有什么要求?"冯老说:"想写诗,我现在知道死亡的滋味了,想写一首关于死亡的诗。"

冯老到生命的最后一刻都保持着美丽的诗人本色。冯老的遗嘱也感人至深,是这几十年来我听到过的最美丽的遗嘱。他这么叮嘱自己的后人:

> 我希望与我有关系的人,努力工作,不欺世盗名、不伤天害理,做一个中华民族的好儿女。

冯老的这句遗言让我联想到了鲁迅当年不让他后人当"空头文学家"的遗嘱。

我现在还记得当我一听到冯老病危时，那惊悚的一瞬间，我是飞也似的跑向协和医院的。我没有约了几个人同去，我怕耽误时间，见不到冯老最后一面。我跑进病房的那一刻，姚平的丈夫正守在冯老的病床边，他俯身对冯老说："外文所的童道明同志来看你了。"但那个时候，冯老已经没有知觉了。

我跟冯老直接交流的时间不多，大概加起来不超过两个小时。但是我爱冯老，爱他的为人和为文。我相信，如果冯老没有他的那种悲悯情怀，没有他的那种人道主义精神，他就写不出他后来写出来的这些作品。文如其人，你只要读读他的诗歌与散文，你就能感受到，他这个人是何等的纯粹。所以我想，姚平是知道我爱她爸爸的。她知道的。但很多人未必知道，为什么像我这样一个研究俄罗斯文学的人，会对冯老怀有如此深的感情？但我想说，正是俄罗斯的契诃夫和中国的冯至，牵起手来，一起向我们昭示了一个朴素的真理：要写出好的作品，就要做个好人。我常对青年人说，我是很幸运的，因为我这个年龄段的人，还有可能遇到像冯老这样的人，还可能亲眼见到这样干净的学贯中西的人。

我说冯老是个"干净的人"，是因为我觉得无论是用旧道德，还是用新道德来衡量，冯老都是无可指摘的。

我的话完了。

纪念胡伟民

那是 1989 年 6 月 21 日上午，《中国戏剧》副主编王育生打来电话："老童，我告诉你一个不幸的消息，胡伟民去世了，心肌梗死，昨天下午去世的，马中骏刚刚给我来电话，小马在电话中都泣不成声了，我想，应该把这消息尽快通知胡伟民在北京的朋友，我马上还要给林兆华打电话……"

从传达室接完电话出来，我不知道是怎么走回家去的，一进家门便坐到里屋的沙发上，呆呆地、怅怅地坐着。几个小时后，妻子回家，看我神态异常，便问："怎么啦？""胡伟民死了。"她也受到震动，不说话了。晚上坐到书桌前，在日记本上写了如下一段文字——

十点半王育生来电话，报告噩耗：胡伟民昨天去世了——死于大面积心肌梗死。这消息无异于晴天霹雳。一个最富于青春活力的艺术家，一个我无比热爱的艺术家，先于我们离开了这个世界！想起了英年早逝的马雅可夫斯基。罗曼·雅科布森对诗人的心上人勃利克说："我无法想象老态龙钟、满面皱纹的马雅可夫斯基。"我也不能想象满脸皱纹、老态龙钟的胡伟民。从此，他永远年轻——无论是思想，还是容颜！

认识胡伟民的人没有一个想到他会遽然去世。他是那么生龙活虎，怎能把他和死亡联系起来?!

那么，胡伟民自己是否想到过死神在向他逼近? 这是一个谜。没有一个导演像他那样地"超负荷运转"的。他不会不知道这样的工作方式在加倍地耗损着他的生命。尽管他自我解嘲说："生命在于运动。"但他已经无法改变他的生活节奏、工作方法。他说过："我愿意燃烧，一辈子只冒烟不燃烧多没意思!"他的"超负荷运转"就是他生命的"燃烧"方式。也可以说，他的生命就是自我燃烧。他的最近十年的生命也就在这"燃烧"的过程中发出了耀眼的光芒。

因此，我愿意相信：胡伟民想到过死神会有一天突然向他走来。

他早已为自己拟好了墓志铭："他一生都在追求真，总不安分，也就总不太平。"

在胡伟民生命的最后一年，排演《哈姆莱特》的艺术构思逐渐在他的心中明朗起来。他要把这个戏奉献给定于 1990 年举办的第二届莎士比亚节。胡伟民为什么选中了《哈姆莱特》? 这也耐人寻味。我们都知道，这是莎翁戏剧中最有人生哲理深度的剧本，其中也探讨了人的生与死。

人活在自己的事业中，胡伟民事业有成。我们可以毫不夸张地说，他在新时期的戏剧革新运动中，是一个功劳卓著的开路先锋。正因为如此，他的死才在戏剧界引起了如此大的震撼。但他生前所从事的事业，后人将继续下去。胡伟民的生命就要在这种

"继续"中延续下去。

我愿意把《哈姆莱特》里的一句台词奉献在胡伟民的灵前："安眠吧，好王子，成群的天使将要为你而歌颂。"

纪念徐葆耕

2010年3月14日上午，记者石岩发来短信："童老师，您的五中老同学，我的系主任徐老师今天去世了。"

徐葆耕先生是早晨六时零五分去世的，北京正下着小雨，后来又飘起了雪花。

在北京五中读书时，我与葆耕还并不相熟，因为不同班。我又是高二才转学过来的。只是到了高三，我们慢慢都知道，语文老师常常表扬我俩的作文，终于有一天，葆耕带着"惺惺相惜"的快意走到我跟前说："童道明，我是徐葆耕。"

将近半个世纪后，葆耕又一次向我伸出了友谊之手，他邀我合作写一份介绍戏剧经典的读物。一次讨论书稿的时候，他突然说他近来对契诃夫小说《没有意思的故事》发生了浓厚兴趣，我听了心里一怔，这篇小说描写的可是一位临近死亡的教授的精神状态，我隐约感到，葆耕已经早早地在思考一个知识分子的终极问题。

也是经由葆耕牵线，2009年秋天，我和濮存昕去清华大学作了一次戏剧讲座，顺便把我刚发表的一个剧本——《塞纳河少女的面模》带给了他。一个月后，收到了他写于11月23日的来信：

　　道明兄：《面模》读了两遍，昨天又把最喜爱的最后一部分读了一遍，一种难以摆脱的震撼在我的心里回响——也许它恰好同我这些年在思考的"死"的问题撞击在了一起，但你的剧本把这个"哲学第一命题"诗意化了；冯至的遗嘱就像是我自己的遗嘱，但由于"塞纳河上的少女"而投上了一束美丽的光，这束光反过来照亮了人生，并使得人生的尽头"没有死，只有光"……

谁也没有料到。他信中所说的"冯至的遗嘱就像是我自己的遗嘱"竟一语成谶！一个月后，他当真要像诗人冯至一样地书写"遗嘱"，面对死亡。

我知道葆耕得病是在春节过后不久，他托校友李成福向我们几个老同学捎话，有两条：一，通报病情，他得的是胰腺癌；二，恳请不要来家探视。我们便等着到医院去看他。没有等到，他住进了重症监护室，住院第四天就去世了；我们便等着与他"遗体告别"，也没有等到，徐夫人坚决执行葆耕"遗嘱"：不举行遗体告别仪式。

在葆耕去世后的第十天。我们几个五中同学相约去看望徐夫人。她闪着泪光告诉我们。葆耕查出癌症后写了三样东西：遗嘱、生平传略和告别书。

告别书是写给他清华大学文学院诸同事的，写了满满三页纸。我读着读着，一种莫名的近似"悲欣交集"的感觉冲击着我，我惊讶于他面对死神的淡定与从容，写出来的文字还是那样幽婉与隽永，他分明是把迎接死亡当成自己最后一次，也是最神圣的一次修行。我随即探问徐夫人：能让我设法把"告别书"发表出去吗？她摇摇头。我又问：那就把它的开头一段用进我的文章里去？她点点头。

告别书这样开头："我即将离开人世。此时此刻，满脑子都是你们的影子，如果说这个世界还有些许温暖的话，一半是家人给我的；另一半则拜承你们所赐。"

回到家里，我还在不断地玩味葆耕的告别书，思索他的似乎是与死神和解了的死亡。

于是我想，葆耕一人独处的最后时日，也许会想到不久前曾连续读了三遍的《塞纳河少女的面模》的尾声，那是濒死的冯至与塞纳河少女交流死亡体验的一个场景，也是我大施浪漫主义色彩的一个场景：

冯至：我要死了，说说你死亡的体会好吗？咱们做个交流。

少女：走进塞纳河，月光，星光，灯光一起照亮了河水。河水仁慈地接纳了我，先是没膝，继而齐腰，然后灭顶。我一直在下沉，下沉，深不见底，月光，星光，灯光一直伴随着我……

冯至（惊喜）：这不就是托尔斯泰说过的"没有死，只有光"吗？我也想象自己不是躺在床上，而是卧在水上，比方说，卧在扬子江上。我的身下是万丈深渊，我的头上有万道霞光。是的，是的，"没有死，只有光"……

冯至生前曾称颂一些"不但深刻地理解了生，却也聪颖地支配了死"的前贤，冯至也是这样的前贤。而葆耕在走到人生边上

的时候，也趋近了这样的精神境界。我愿意相信，他也是怀着
"没有死，只有光"的美丽愿景离开人世的，这种人文美学意义
上的"视死如归"，使得我们在凝望死神的时候，不再恐怖。

　　葆耕走了，他留下了一批精彩的学术著作和文学作品，他的
《西方文学：心灵的历史》，是可以传世的，他的电影剧本《邻
居》也会在中国电影史上留下痕迹。然而，他毕竟远远没有把上
天赐予他的才华的光焰完全吐尽。就像他在"生平传略"最后所
说："徐葆耕教授还有一系列创作计划，病魔出其不意地攫住了
他，将他的才华和对这个世界的爱一起带走了。"

关于契诃夫

惜别樱桃园

　　1904 年 1 月 17 日，是契诃夫的四十四岁生日。莫斯科艺术剧院选择这一天首演《樱桃园》。演出前还为剧作者举行了祝寿仪式。斯坦尼斯拉夫斯基后来在《我的艺术生活》中记下了这个庆典的隆重但也沉重的印象："在庆祝会上，他（即契诃夫）却一点也不愉快，仿佛预感到自己将不久于人世了。"

　　在那个距今已有九十一年①的莫斯科市区的夜晚，契诃夫预感到了他是在过自己的最后一个生日，但他未必会预见到《樱桃园》的长久的活力。

　　"活力"在哪？不妨先勾勒一下它的可以一下子梳理出来的故事头绪：为了挽救一座即将拍卖的樱桃园，它的女主人从巴黎回到俄罗斯故乡。一个商人建议她把樱桃园改造成别墅出租。女主人不听，樱桃园易主。新的主人正是那个提建议的商人。樱桃园原先的女主人落了几滴眼泪，走了。落幕前，观众听到"从远处隐隐传来砍伐树木的斧头声。"

　　无疑，《樱桃园》的意蕴联系着"樱桃园的易主与消失"这个戏核。但随着时代的演进，从这个戏核可以生发出种种不同的题旨来。在贵族阶级行将就木的 20 世纪初，由此可以反思到

_____

① 本文创作于 1995 年。（编者注）

"贵族阶级的没落"；在阶级斗争如火如荼的十月革命后，由此可以引导出"阶级斗争的火花"；而在阶级观点逐渐让位给人类意识的 20 世纪中后叶，则有越来越多的人从"樱桃园的消失"中，发现了"人类的无奈"。在最早道出这种新"发现"的"先知先觉"中，就有比契诃夫晚生九年但比契诃夫多活五十五年的契诃夫夫人克尼碧尔。她也是"樱桃园女主人"一角的最早的扮演者。在她去世前不久的 20 世纪 50 年代末，像是留下一句遗言似的留下了这样一句话：《樱桃园》写的"乃是人在世纪之交的困惑"。

"困惑"在哪？不妨再挖掘一下剧本的可以一下子挖掘下去的故事底蕴：美丽的"樱桃园"终究敌不过实用的"别墅楼"，几幢有物质经济效益的别墅楼的出现，要伴随一座有精神家园意味的樱桃园的毁灭。"困惑"在精神与物质的不可兼得，"困惑"在趋新与怀旧的两难选择，"困惑"在情感与理智的永恒冲突，"困惑"在按历史法则注定要让位给"别墅楼"的"樱桃园"毕竟也值得几分眷恋，"困惑"在让人听了心颤的"砍伐树木的斧头声"，同时还可以听作"时代前进的脚步声"……

《樱桃园》是一部俄罗斯文化味道十足的戏剧。但在它问世半个世纪之后，随着新的"世纪之交"的临近，当新的物质文明正以更文明或更不文明的方式蚕食乃至鲸吞着旧的精神家园时，《樱桃园》这个剧本反倒被越来越多的人看成是可以寄托自己情怀的一块精神园地，这就是为什么近三十年来世界著名导演竞相排演这个戏的原因。于是，《樱桃园》里包裹着的那颗俄罗斯的困惑的灵魂，像是升腾到了天空，它的呼唤在各种肤色的人的心灵中激起了共鸣的反响。其中自然也包括我们黑头发黄皮肤的龙的传人。

20世纪50年代末，旅欧华人作家凌叔华重游日本京都银阁寺，发现"当年池上那树斜卧的粉色山茶不见了，猩红的天竹也不在水边照影了……清脆的鸟声也听不到了"。而在寺庙山门旁边"却多了一个卖票窗口了"——告别已经成为营业性旅游点的银阁寺，凌叔华女士在她的散文《重游日本》里写下了自己的"心灵困惑"："我惘惘地走出了庙门，大有契诃夫的《樱桃园》女主人的心境。有一天这锦镜池内会不会填上了洋灰，作为公共游泳池呢？我不由得一路问自己。"

在"樱桃园"变成历史陈迹的时候，有《樱桃园》女主人心境的人，并不非得是女性，甚至也并不非得熟悉契诃夫的剧本《樱桃园》。50年代中期，当北京的老牌楼、老城墙在新马路不断拓展的同时不断消失与萎缩的时候，最有契诃夫《樱桃园》女主人心境的北京市民，我想一定是梁思成先生了。

古人留给我们一句"物是人非"或"物在人亡"的成语。所谓"倏来忽往，物在人亡。"现在人的寿命大大延长了，而"物"呢？反倒容易陷入"面目全非"或"面目半非"的窘境。这几年来，多少个博物馆的"半壁江山"割让给了现代家具展销会，多少个幼儿园"脱胎换骨"成了高档餐厅或卡拉OK歌舞厅。我们该在心中兴起"倏来忽往，人在物非"的感喟了。

时代在快速地按着历史的法则前进，跟着时代前进的我们，不得不与一些旧的但也美丽的事物告别。在这日新月异的世纪之交，我们好像每天都在迎接新的"别墅楼"的拔地而起，同时也每天都在目睹"樱桃园"的就地消失。我们好像每天都能隐隐听到令我们忧喜参半、悲欢交加，令我们心潮澎湃，也令我们心灵怅惘的"伐木的斧头声"。我们无法逆"历史潮流"，保留住一座座注定要消失的"樱桃园"。但我们可以把消失了的、消失着的、将要消失的"樱桃园"，保留在我们的记忆里，只要它确确实实值得我们记忆。大到巍峨的北京城墙，小到被曹禺写进《北京人》的发出"孜妞妞、孜妞妞"的声响的曾为"北平独有的单轮小水车"。

谢谢契诃夫。他的《樱桃园》同时给予我们以心灵的震动与慰藉；他让我们知道，哪怕是朦朦胧胧地知道，为什么站在新世纪门槛前的我们，心中会有这种甜蜜与苦涩同在的复杂感受；他启发我们快要进入 21 世纪的人，将要和各种各样的复杂的、冷冰冰的电脑打交道的现代人，要懂得多情善感，要懂得在复杂的、热乎乎的感情世界中入徜徉，要懂得惜别"樱桃园"。

春天来了

　　想写契诃夫。并不完全因为他逝世一百周年的 2004 年就要到了。①

　　想从契诃夫的 1890 年写起。这一年他三十岁。这一年他完成了一次显示他意志与勇气的远游。

　　他是四月份出发的。四月之前他几乎足不出户。枯坐在书桌前，苦读和苦记多种多样为准备旅行所需的资料。

　　直到三月末的春光照进书房，他才如梦初醒地欢呼"春天来了"——

　　　　多么美丽的春天！昨天我经不住诱惑，到公园走了走。因为整个二月和三月我都没有出家门，也就无从发现由冬天向春天的过渡。昨天在公园里，我觉得自己像是从冰窖直接来到了暖和的岛国。天气很好，遗憾的是没有下雨。我担心这无雨的春天会引发类似伤寒这样的传染病。（1890 年 3 月31 日信）

　　礼赞苍天，也关怀苍生。这是契诃夫。

_____

① 　本文写作于 2003 年。（编者注）

这之前半个月，契诃夫无意间说起了文坛排行榜。他说——

> 如果排名，那么柴可夫斯基是当今俄罗斯艺坛的第二号
> 人物，头一把交椅一直由列夫·托尔斯泰占着。（我以为第
> 三位当属列宾，而我本人则要排到九十八位）（1890年3月
> 16日信）

要说明契诃夫的谦虚，都喜欢举他把自己贬到名列文坛第九
十八位为例。但他不说九十开外，不说靠近一百位，偏偏"言之
凿凿"地把自己定在九十八位，却是一种契诃夫式的幽默。他常
常使用这种幽默技巧。

既幽默，又谦虚。该是这一位。

在纪念契诃夫一百周年诞辰的时候，作家爱伦堡就指出——

> 谦虚在他是与生俱来的。他从不以为自己是预言家、导
> 师，甚至是大师。他没有自己的优越感。他的委婉说明了他
> 天性的矜持与羞涩，而不是想因此与周围人疏远起来。他长
> 久地与认为是自己的错误与缺点进行斗争，但他无须与骄傲
> 做斗争，因为他不知道骄傲为何物。

我佩服爱伦堡的洞察力。在谦虚之外，还特地说到他的矜持
与羞涩。我私心喜欢契诃夫的矜持与羞涩。他的矜持是从内到外
的。如果把十几张俄罗斯大作家的照片一字排开，请人来指认其
中最"矜持"的一位，我想大多数人会指着一位戴夹鼻眼镜、留

山羊胡子、眼睛里流露出些许忧郁、长相也有点苍老的中年人的照片说：该是这一位。

一只大雁飞过去了

从 2015 年 7 月 9 日起，我要在一个精美的本子上写"随笔"，不少内容将围绕着契诃夫和契诃夫的"朋友圈"展开。

这个本本是商务印书馆的画家李杨桦送给我的。本子里那些精巧的诗意的幽默的小画，都出自她的手笔。

我认得她是因为她是我那本《可爱的契诃夫》的美编，她沉默寡言，在此前我好像就听她说过两句话，一句是直接听到的，一句是间接听到的。

《可爱的契诃夫》开新书发布会之前，我与出版社的编辑团队相聚过一回，杨桦走过来与我碰杯，轻轻地对我说："童老师，我喜欢契诃夫。"说罢就轻轻地走开了。

几天后我见到了也在商务印书馆工作的她的先生，先生对我说："我问杨桦，童道明是个什么样的人？她说，童道明就是'一双眼睛两条河'。"

天哪?! 亏她说得出这样有创意和诗意的话来！

《一双眼睛两条河》是我的一个剧本的剧名，还是我一本书的书名。杨桦想必是读过这个剧本或这本书的。但杨桦的这句也许是随口而出的隽语，却在我的头脑里继续发酵，让我给正在写作中的《契诃夫和克尼碧尔》补写了一个戏剧段落，给女主人公克尼碧尔补写了一句台词："如果有一个善于捕捉诗意的女人来问我，契诃夫是个什么样的人，我就回答说，他就是'一只大雁飞过去了'。"

契诃夫的头脑里常有"大雁"的意象出现，和由"大雁"的意象引发的遐想。

1900年8月18日，他给其时还是未婚妻的克尼碧尔写信说：

> 一只大雁飞过去了。
>
> 是的，我亲爱的女演员，我真想现在撒着欢儿地到原野上去奔跑，挨着森林，挨着小溪，挨着羊群奔跑。说来也可笑，我已经有两年没有见到青草，我的杜西雅，我好寂寞！

在这封信里，"一只大雁飞过去了"是独立成行的一句，是被特别强调出来的。

1891年7月29日，他给老友苏沃林写信说："已经闻到秋天的气息。我爱俄罗斯的秋天。秋天里有某种特别忧郁的亲切的和美丽的感觉，真想和大雁一起飞到什么地方去。"

契诃夫常把激情化为抒情，我们可以从"真想和大雁一起飞到什么地方去"这句抒情独白中体验到契诃夫的内心的激动。

1901年，他给已是他妻子、在《三姐妹》中扮演玛莎的克尼碧尔特地加写了一段台词："应该活着，应该活着……你们瞧，大雁正在我们头上飞呢。千百年来，每个春秋，它们就这样不停地飞着……"

契诃夫的小说《农民》中有一段读来让人怦然心动的文字：

大雁飞得很快很快，叫得很苦很苦，像是在呼唤着人们与它们一起飞翔。奥尔加站在悬崖边上，久久地凝望着流水，太阳，美得鲜亮的教堂，他的眼泪流出来了，他的呼吸也急促起来了，因为他非常想远走高飞，哪怕是去天涯海角。

　　在这里，大雁已经成了一个向更高更远的天际飞翔着的美丽生命的象征。

　　诺贝尔文学奖获得者索尔仁尼琴说："契诃夫的形象——如此的光明，如此的柔情。"

　　一只大雁飞过去了——如此的光明，如此的柔情。

契诃夫的红颜知己

　　都说契诃夫有女人缘，契诃夫纪念馆馆长贝契科夫写了本书，专门叙述契诃夫与他的红颜知己们交往的故事。这位馆长曾与一个朋友探讨一个问题："为什么那些性格迥异的女人会一眼就爱上契诃夫？而且会永远地爱着他，记着他？"

　　丹钦科在回忆录里对此有所说明："俄罗斯的知识女性最迷恋男人的才气。"也有人强调契诃夫的容貌与气质、神志能讨女人欢心。俄国作家柯罗连科这样描述他 1887 年初识契诃夫的印象："在我面前站着一个样子显得更为年轻的青年人，个子略高于中等身材，眉清目秀，还没有失去英俊少年的容姿。他的面孔上有某种很独特的神情，我一时无法形容，但是后来倒是同样与契诃夫认识的我的妻子把这准确地描绘了出来，她认为尽管契诃夫具有不容置疑的知识分子气质，但在他的脸上有某种让人联想起淳朴的农村少年的神态，而这是尤其吸引人的。甚至契诃夫的深邃而明亮的眼睛，在闪耀着思想的同时，也洋溢着孩子般的天真。"

　　贝契科夫在契诃夫的容貌与才气之外，还用了一个词眼："个性的巨大魅力"。

　　当然，契诃夫之所以有很多红颜知己，也不要忽视契诃夫的主观因素，要知道，他曾经坦承："我永远不会成为一个托尔斯泰主义者，对于女人，我首先欣赏她的美丽。"

蒲宁也说过："契诃夫能细腻而强烈地感受女性美。"

这样我们大概可以肯定：契诃夫的红颜知己都是面容姣好、素质很高的知识女性。我想在这里介绍其中的四位。前边三位对于契诃夫的苦恋让人动容。而另一位，则是契诃夫十分心仪的女演员。

德罗兹多娃（1871—1960）

她是个女画家，她曾是契诃夫妹妹玛丽娅的学生，和契诃夫一家都熟识，对契诃夫一见钟情，常常给他写信，信里流露着深深的感情，也期待着有朝一日与契诃夫喜结良缘。

但是1901年5月25日，契诃夫与克尼碧尔结婚的消息打碎了她的美梦。她在绝望中给契诃夫写了这样一封信：

"亲爱的可爱的安东·巴甫洛维奇！我的上帝，您结婚的消息给我带来了多少痛苦，我那时正在作画，就让画笔和调色板都见鬼去吧！我在最后一刻都没有失去嫁给您的希望。我一直以为，凭借我的朴实，上帝会赐予我幸福。而现在，我已经没有这个希望了。现在我是多么憎恨奥尔加·列奥纳道芙娜（克尼碧尔），我的嫉妒心变成了巨大的愤恨，现在我不能再看到您，看到您的可爱的亲爱的面孔，我是那样地恨她，而您却竟与她在一起。"

但怨艾与醋意终究要过去的。德罗兹多娃恢复了与契诃夫的友谊。她后来在回忆录里深情地记述了她与契诃夫的最后一次会面。那是在契诃夫夫妇 1904 年 6 月 3 日离开莫斯科出国治病的前一天，那天中午，克尼碧尔恰好不在家，德罗兹多娃走到正卧病在床的契诃夫跟前，契诃夫对她说"请坐"，而她跪倒在契诃夫的床前，契诃夫默默地用手抚摸着她的头发，她眼眶里噙满了眼泪。为了不号啕大哭起来，她一句话也没有说，就跑出了屋外。

塔吉扬娜·托尔斯塔雅（1864—1950）

塔吉扬娜是列夫·托尔斯泰的长女，她也是托尔斯泰与契诃夫交往中很多场合的见证人。在 1896 年 4 月 19 日的日记里，塔吉扬娜曾把她对契诃夫无法遏制的爱慕之情倾吐了出来：

"契诃夫就是一个我可以发疯地去依恋的男人，没有一个男人像他那样能让我一见钟情。"

她也写信给契诃夫，对他的写作才华赞不绝口，说："在《宝贝儿》中，我从女主人公身上认出了自己，这让我害羞起来。"这里还有一个插曲：契诃夫的朋友缅尼什科夫，他同时也是托尔斯泰一家的朋友在一封给契诃夫的信中，竟然特地说到了塔吉扬娜对他的好感："他们全家都在高山之巅，所有的人都能看得见他们。但居然没有一个男士愿意给这位可爱的姑娘（指塔吉扬娜）幸福，您别以为我是在给您做媒，要把您和她撮合一起——尽管她不断地以最真诚的好感在谈论着您。"

契诃夫没有理会缅尼什科夫的"别有用心"的暗示。以契诃夫的性格，绝对不可能对于一个被他视为"圣人"的女儿心存非分之想。

贝契科夫在那本书里最后以这样一个场景来结束关于塔吉扬娜苦恋契诃夫的叙述：

"契诃夫沿着花园的小径，与阿历克山德拉边说边走，身体还未完全复原的列夫·托尔斯泰坐在凉台的椅子上，眼睛盯着他们，开始向身边的女儿塔吉扬娜赞美契诃夫：'啊，他是多么可爱，多么优秀的人，谦虚·谨慎，简直是太好了！'"

塔吉扬娜此时甚至都无法保持身体的平衡了。她一边抹着眼泪，一边跑回屋子里去。

阿维洛娃（1862—1943）

阿维洛娃是位女作家，契诃夫曾给她写过三十一封信。契诃夫一些文学观念也出自这些信札。

1897年3月25日，契诃夫因大口吐血，在莫斯科一家医院住院。阿维洛娃第二天就去医院探望，还给契诃夫送了一束鲜花。但阿维洛娃的一个重要功劳，是她促成了托尔斯泰3月28日去医院探视契诃夫，从而有了两人在病房里关于"人死后是否还有灵魂"的著名争论。

关于这个，阿维洛娃在回忆录里是这样记录：

她从医院出来，在路上巧遇托尔斯泰——

我和他说起了安东·巴甫洛维奇。

"这是怎么回事？我知道他病了，但我想可能不准任何人去看他。那么明天我就去看他。"

"列夫·尼古拉耶维奇，您去看看他吧，他会高兴的。我知道他非常喜欢您。"

"我也喜欢他，但我不懂他为什么要写剧本。"

阿维洛娃的回忆录《我生命中的契诃夫》洋洋数万言，力图证明她与契诃夫有恋爱关系，但她的说法遭到了契诃夫妹妹的批驳，认为这只是阿维洛娃的单相思，而她哥哥不会报以同样的感情。我读过契诃夫写给阿维洛娃的三十一封信，的确没有一封信是可以归之为"情书"之类的。

阿维洛娃的回忆录的最后一段文字引人注目。她先抄录了契诃夫 1904 年 2 月 16 日写给她的信，这也是写给她的最后一封信——

……愿你一切都好，主要是要高高兴兴地过日子，不要太费脑子去探究生活，大概这生活实际上要简单得多。这是个我们并不了然的生活，这值得大家去对它苦苦思索吗？为了这痛苦的思索，折磨了我们多少俄罗斯人的脑袋瓜。——这还真是个问题。紧握您的手，为了您的来信，向你致以诚恳的谢意。祝你健康，安好。忠实于您的安·契诃夫。

随后阿维洛娃写下了如下感慨：

这封信，我反复阅读了好几百遍，安东·巴甫洛维奇这种新的情绪是从何而来？"生活要简单得多，无需苦苦思索……"而我觉得他在回首自己的过去时，正在苦涩地亲切地微笑着。他不是那样生活了，不是那样想了和感受了，生活完结了。

阿维洛娃出过小说集，但后人能读到她的唯一作品，就是她这篇洋洋数万言的《我生命中的契诃夫》。她的生命的确附丽于契诃夫的生命中了。

柯米萨尔日芙斯卡娅（1864—1910）

我觉得在所有的契诃夫的红颜知己中，演员柯米萨尔日芙斯卡娅是特别令契诃夫敬重的。契诃夫对她怀有特别的好感。研究柯米萨尔日芙斯卡娅的学者认为，她的表演风格是"真挚的柔情结合着巨大的内心激情"，认为她是第一个理解了契诃夫戏剧的美质的女演员。她成功地传达了契诃夫戏剧的内在激情，甚至说契诃夫认为"她是妮娜这一角色的无人可以取代的表演者"。

1896 年 10 月 17 日，彼得堡皇家剧院首演《海鸥》，惨遭失败。但契诃夫还是认为主演妮娜的柯米萨尔日芙斯卡娅非常出色。

戏剧史上说起这场失败的演出，都会引证契诃夫 1896 年 11 月 20 日写给丹钦科的那封信里的那个段落：

> 我的《海鸥》在彼得堡首演惨遭失败，剧场里弥漫着敌意，空气被憎恨挤压得使人喘不过气来，于是我依据物理学

的原理，像一颗炸弹似的飞出彼得堡……

但是要知道，在这段文字之后，契诃夫还写了这样的话：

> 您对彼得堡的不满，我能理解，然而彼得堡也有很多美丽的印象，比如阳光照耀下的涅瓦河，比如柯米萨尔日芙斯卡娅。我认为她是个特别杰出的女演员。

大家倒是想想，在经历了《海鸥》首演的失败之后，在心情如此沮丧的情况下，契诃夫还把柯米萨尔日芙斯卡娅和阳光照耀下的涅瓦河拿出来一起赞美。

当然，柯米萨尔日芙斯卡娅是知道契诃夫对她青眼相看的，所以在 10 月 21 日第二场戏演出成功之后，这位女演员立即给契诃夫写了这样一封信：

> 我刚从剧场回来，安东·巴甫洛维奇，亲爱的，我们成功了！完全的成功！我多么希望现在能看到您。我更希望您能在现场听到观众齐声叫喊'请作者上台'的声音。您的，不，是我们的海鸥，因为我和它已经在灵魂上永远连接在一起了。它存在着，痛苦着，相信着它能给很多人带来希望……

1964 年出版的《柯米萨尔日芙斯卡娅传》的作者在引证了这封信后，继续写道：

柯米萨尔日芙斯卡娅，以其令人惊奇的诗意的远见，在这里指明了《海鸥》，它的作者与她本人的历史命运……契诃夫在并不认识柯米萨尔日芙斯卡娅的情况下，在《海鸥》中展示了柯米萨尔日芙斯卡娅的灵魂……在一次相遇之后，他们成了一世的朋友。

《海鸥》后来于1898年12月17日在莫斯科艺术剧院的舞台上获得了辉煌的成功，但契诃夫看过之后，还是表示，他不能满意妮娜的扮演者罗克萨诺娃的表演，他实际上已经很难接受柯米萨尔日芙斯卡娅之后的妮娜的扮演者了。

契诃夫对于她的友好感情，可以从他于1898年11月2日写给她的一封信中看得出来：

您信里对我说，您去看医生吧，去看医生吧，去看医生吧。而我要对您说，您多么善良呀，多么善良呀，多么善良呀……说上一千次！……您给我寄张您的照片来吧，照片尽可能选好的，大的——不能小于6寸……您的来信深深打动了我，我衷心感谢您。您是知道我对您的看法的，因此您能理解我是多么感谢您。您的来信使我多么高兴。紧握您的手，忠诚于您的安·契诃夫。

他俩互赠过照片，契诃夫赠予的一张照片上，还有一句很别致的题词："赠维拉·费多洛芙娜·柯米萨尔日芙斯卡娅，平静的安东·契诃夫,在这个大海咆哮的风雨天。"

这是契诃夫给柯米萨尔日芙斯卡娅 1898 年 10 月 9 日来信的回复。女演员在信中请求病中的契诃夫一定要去看医生。信的最后,她用近似哀求的关切的口吻对契诃夫说:"如果您不去看医生,您会让我心疼的。您答应我吧,好吗?"

因为《海鸥》,柯米萨尔日芙斯卡娅与契诃夫成了朋友。其实,柯米萨尔日芙斯卡娅得到妮娜这个角色,是个意外的幸运。彼得堡皇家剧院原先是把这个角色派给萨文娜的,但这位头牌女演员考虑再三,最终还是放弃了,于是扮演《海鸥》女主角的任务落到了这位天才的青年演员的肩上。而柯米萨尔日芙斯卡娅一读到这个剧本,就把自己的生命与海鸥融为一体了。她是这样说的:

　　接到海鸥这个角色是在此剧公演前的几天,我这之前不知道这个剧本。我在这个夜晚,第一次读了《海鸥》,我哭了一个夜晚。到了早晨,我就爱上了海鸥,它是我的海鸥——我活在了海鸥的灵魂里。

这是人的命运,也是戏剧的命运。

契诃夫的忧伤透着亮光

  1958 年开学后体检，我照胸透发现肺尖有异常，10 月份住进了莫斯科大学的疗养院。我住的是单人间，整天开着收音机。那些日子正好是《日瓦戈医生》事件发酵的日子，收音机里广播的头号新闻就是报道社会各界如何声讨作家帕斯捷尔纳克的"罪行"。有的社会团体还向政府提出建议，索性把在西方世界得宠的帕斯捷尔纳克放逐到西方世界去。其时，作家的红颜知己伊文斯卡娅也受到了失业的威胁。在这种双重压力下，帕斯捷尔纳克服软，致函苏联最高行政当局，表示愿意拒领诺贝尔文学奖，但希望不要剥夺他女友的工作岗位，也不要把他放逐国外，因为"置身于祖国之外，对我来说等于死亡"。

  《日瓦戈医生》这部小说我是很多年后才读到的，它给我的最大惊喜是让我知道这位诺贝尔文学奖获得者是深爱着契诃夫的。小说里的《日瓦戈札记》中有这样一句："我喜欢普希金和契诃夫的俄罗斯式的质朴。"这对我有了启发，可以在普希金的作品中寻找契诃夫。我在普希金的诗作《格鲁吉亚的山冈上》(1829) 发现了契诃夫——

   格鲁吉亚的山冈上笼罩着黑夜

   阿拉格维河水在我面前流淌

我的心里又是沉重又是轻松

我的忧伤透着亮光

"我的忧伤透着亮光"——多么美妙的诗句！再也没有比"透着亮光"的"忧伤"更富于诗意的了。而契诃夫的"忧伤"就是"透着亮光"的呀。人们喜欢契诃夫，也因为喜欢他的"透着亮光"的"忧伤"。

小说《在峡谷里》的第五章，写一对苦命的母女在一个板棚里互诉衷肠。忧伤弥漫在她们的心头，她们无法入睡——

"妈妈，你为什么把我嫁到这里来！"丽芭问。

"女儿，女人一定要嫁人的，这由不得我们来做主。"

接下去契诃夫写了一段抒情插话，将一道亮光输送进了忧伤之中——

无法舒缓的忧伤笼罩着她们的心田，但她们又感觉到有个什么人在高高的天空向下张望，那是一片蓝色的星空，她能看到在乌克列耶沃发生的一切，她守护着苍生，不管罪恶有多么深重，夜晚依旧宁静而美丽。在上帝的世界里，真理依旧存在，无论是在现在还是在将来，大地只是在等待着，这宁静而美丽将与真理融合在一起，就如同月光与黑夜融为一体。

于是她俩平静了下来，相互依偎在一起，睡着了。

幸福是什么?

契诃夫的哪一个理念最能让 21 世纪的现代人感到亲切? 我想, 可能是他的幸福观吧。也正因为这个幸福观, 更加拉近了他与托尔斯泰的心灵距离。

1886 年 1 月, 托尔斯泰在《俄罗斯财富》杂志上刊登了一篇题为 "幸福是什么?" 的文章, 他很具体地列举了人获得幸福的五项必要条件。首要条件是与大自然亲近: "幸福是一种不把人与大自然隔离开来的生活, 也就是说, 要生活在天空下, 阳光下, 新鲜空气下, 与土地, 与植物, 与动物亲切交流。"

托尔斯泰的这个幸福观与契诃夫不谋而合。在他的书信中, 有多少文字描写了他置身于大自然中获得的幸福感!

天气真好, 所有的鸟都在啼啭, 所有的花都在开放。花园一片翠绿……每天都有万物竞相生长, 夜莺, 公牛, 鹧鸪, 及其他的飞禽, 在一片蛙声的伴奏下, 昼夜不停地鸣叫……大自然是一帖极好的镇静剂, 它能让人心平气和, 也就是说, 它能让人变得与世无争。(1889 年 5 月 4 日信)

在大自然中有某种神奇的特别感动人的东西, 椋鸟飞来了, 四处水声潺潺, 在白雪融化了的地方, 已经长出青草……看看这春天, 我真希望另外一个世界上存在天堂。

（1892 年 3 月 17 日信）

　　现在乡间很好，不仅是好，甚至是美妙。真正的春天，绿树成荫，天气暖和，夜莺在歌唱，青蛙在喧闹。我没有钱，但我是这样想的：富足的人不在于他拥有很多钱财，而是在于他现在具有条件生活在早春提供的色彩斑斓的环境中。（1892 年 4 月 29 日信）

　　我在森林里穿行，太阳照耀着，整整两个小时。感觉像是个国王……（1893 年 4 月 1 日信）

　　天气好极了，在屋子附近的绿荫里，有只夜莺不停地啼叫……我坐着自己的三套马车，深夜从一家精神病院回家，三分之二的路要穿行森林，在月光的照耀下，这种奇特的感觉，很久没有体验过了。这感觉就如同刚刚与情人幽会回来。我想，与大自然的亲近和闲适，乃是幸福的必要条件。舍此，不可能有幸福。（1894 年 5 月 9 日信）

　　契诃夫第一次与托尔斯泰会面，是在 1895 年 8 月 8 日，契诃夫怀着一颗虔诚的心，去雅斯纳·波良纳庄园拜见托翁。托尔斯泰邀请他先一起到池塘里去游泳，所以他们两人的第一次谈话是在水中开始的。也就是说，他们的谈话不仅"在天空下，阳光下，新鲜空气下"，甚至还在清澈的池水里进行。

　　契诃夫和托尔斯泰对这次会面都感到高兴。契诃夫回到家里之后，给一位友人写信说："印象好极了，我感到轻松自在，就像在家里一样。我和他的谈话也十分投机。"

　　托尔斯泰也在给儿子写的信里，说起了契诃夫给他留下了良好印象："契诃夫到我们家来了，我喜欢他，他很有才华，他大概也有一颗善良的心。"

谢谢，安东·契诃夫！
谢谢，拉克申老师！

我珍藏着一本薄薄的小书，是爱伦堡写的《重读契诃夫》。他在书里说："我一生一世保持着对契诃夫的爱。"我也是这样。

爱伦堡这样结尾他的《重读契诃夫》：

> 他没有说教什么，但他教育了千百万人——在我们这里，也在远离我们辽阔疆土的地方——在所有有人在追求，有人在痛苦，有人在爱恋，有人在挣扎，有人在痛苦，有人在欢乐的地方，我没有见过他，但我不觉得他是个过去的经典作家。他是我们的同时代人。我隐隐地对自己笑了笑，为了不冒犯他的谦逊，我一遍又一遍地说着："谢谢，安东·巴甫洛维奇！"

我也愿意这样表达我对契诃夫的感情："谢谢，安东·契诃夫！"

为什么我要这样满怀感情地谢谢契诃夫？这个理由我已经在2015年3月14日《可爱的契诃夫》的首发式上说过了：

> 如果没有和契诃夫相遇，今天我会是个什么样的人？也

许还是研究员、博士生导师，但我应该不会像今天这么高兴。我的生命之光会黯淡很多。

俄国一位名叫托甫斯夫诺戈夫的导演说得好："契诃夫呼唤人们向往灵魂的高度。"戏剧评论家宋宝珍说的"一颗不老的诗心"，或顾春芳教授说的"生命力与创造力永远相随"，在我，也是与契诃夫的恩惠联系着的。

我是什么时候与契诃夫相遇的呢？

是 1959 年，那时我在莫斯科大学读三年级，在拉克申老师的指导下写学年论文。

我一直记着拉克申老师，一直记着他对我的临别赠言："童，我希望你以后不要放弃对于契诃夫和戏剧的兴趣。"这句赠言决定了我日后安身立命的职业。

老师也没有忘记我，1986 年他托人给我捎来他的一本著作，在书的扉页上写着：

　　赠童道明，作为对多年前我们在莫斯科大学相遇的纪念。

拉克申　1986 年 5 月 14 日

1993 年的一天，我的同事张捷先生急匆匆地走进我的办公室对我说："老童，你的老师拉克申去世了！"

这不啻是个晴天霹雳。

我去图书馆翻阅俄文报刊，读到一篇悼念他的文章。悼文最后说："我们要感谢他在临死之前的思想放光。"我想这是指他去世前不久写的一篇题为"俄罗斯和俄罗斯人在埋葬自己"的文章，他在文章里痛诉漠视民族文化之根的民族虚无主义对于俄罗斯的伤害。

我也读到报刊上披露他的一些日记片段，印象最深的是1969年5月4日的那则日记：

> 我第一次感受到对于我们的大自然的如此强烈的真诚的爱。我爱这些田野，我爱这些白桦林，我爱每一个因日晒雨淋而顶板变黑了的农舍……

我在这则日记里领略到了契诃夫式的抒情。

就是这位在1959年还是个青年讲师（他才比我大四岁），后来成为俄罗斯契诃夫学会主席的拉克申老师，牵着我的手，走向了契诃夫。

谢谢，安东·契诃夫！

谢谢，拉克申老师！

想起契诃夫

今天，1999 年 5 月 20 日，读爱伦堡的《人·岁月·生活》①，读到"高尔基说，契诃夫常常坐在椅子上用帽子捕捉太阳的光点"，便萌发了编写一个戏剧场景的愿望。我设想有一位准备在《海鸥》中扮演女主角妮娜的中国演员在梦中见到了契诃夫。

[契诃夫坐在一条长椅上用帽子捕捉太阳的"光点"，女演员看了觉得好笑。]

女演员　契诃夫先生，您简直是个大小孩！

契诃夫　而你，是个小小孩，就是安徒生笔下的那个看见皇帝光了屁股的小孩子。你知道吗，我的一个朋友见我常用帽子捕捉太阳的"光点"，就说我是个追求光明的人。

女演员　您难道不是个追求光明的人？

契诃夫　我当然是个追求光明的人，但这与我常用帽子捕捉太阳的光点没有关系。这是我儿童时代的游戏，长大了还玩这游戏，所以你说我"简直是个大小孩"，就是看到我这个皇帝身上没有穿什么新衣。

———————————

① 本文写作于 1999 年。（编者注）

女演员　您不仅是个追求光明的人，而且还是个追求幸福的人。

契诃夫　你一定是指我爱上了追上了莫斯科艺术剧院的漂亮演员克尼碧尔？（见女演员点头，契诃夫苦笑）你知道当我的病体不可救药的时候，我的医生是怎么对我说的？他说："安东·巴甫洛维奇，您的不幸就是您的身体消受不了新婚的幸福！"

女演员　要是没有这个婚姻，您能多活几年？

契诃夫　那是很可能的。

女演员　惋惜了？

契诃夫　那倒不。要是没有对于克尼碧尔的爱，我可能写不出后来的《三姊妹》和《樱桃园》。而没有这两出戏，我多活几年又有什么意义？

女演员　那么《海鸥》呢？您写《海鸥》的时候还不认得克尼碧尔呢。

契诃夫（凝望女演员）唉，在漂亮小姐面前我说不了谎。《海鸥》里有我一个早先的恋人的影子。

女演员　我真荣幸，我要演一个有您早先的恋人影子的角色。您能给我一点指点吗？

契诃夫　指点什么？我全写在剧本里了！

女演员　剧本以外的呢？比如，您是怎么和那位早先的恋人分手的？

契诃夫　她跟一个二流作家跑到巴黎去了。

女演员　这是因为什么？

契诃夫　因为巴黎吸引她。

〔静场。

女演员（喃喃自语）我知道了，我是海鸥，我是海鸥。

　　我设计的契诃夫的台词大致都有根据。契诃夫是在与克尼碧尔的热恋之中写作《三姊妹》的。最有戏的女角玛莎是契诃夫特别为自己的心上人准备的。1900 年 9 月 28 日契诃夫给克尼碧尔写信说："我在《三姊妹》里给你准备了一个多么好的角色！多么好的角色！如果你给我十个卢布，我就给你这个角色，要不我就给另外的女演员了。"

　　也是在这个时候，契诃夫一再动员高尔基写剧本，他在 1900 年 9 月 8 日写信给高尔基说："写戏吧，写吧，写吧！这很需要。如果失败了，也不可怕。失败很快会忘记的，而成功，哪怕是小小的成功，也会给戏剧事业带来很大好处。"

　　契诃夫鼓励小说家高尔基写戏的这一番话，不知能不能对我们的小说家有所触动？

我写《契诃夫和克尼碧尔》

我写的第一个剧本是《我是海鸥》，1996 年写的，那年恰好是契诃夫名剧《海鸥》问世 100 周年。我特意安排契诃夫三次在一个中国女演员的梦中出现，意在向契诃夫致敬。但这个戏剧处女作搬上舞台，已是十五年后的 2010 年。

《我是海鸥》见了观众倒有好评。《新京报》的李辉军，《北京晚报》的孙小宁都为它写过剧评。资深的剧评家王育生先生和宋宝珍女士更是给了我最真诚的鼓励。这样，从 2011 年起我当真锲而不舍地写起了剧本来。

第二次让契诃夫入戏是在《契诃夫和米齐诺娃》里，这个以契诃夫和他的恋人为主人公的剧本，是 2014 年写的，那年是契诃夫逝世 110 周年。后来中国国家话剧院以《爱恋·契诃夫》的剧名搬上舞台，首演选择在 2015 年 1 月 29 日，恰好是契诃夫诞生 155 周年的日子。

这个戏演了八场，上座很好，反映也不错，说明在中国，既有能演这样的戏的演员，也有愿意看这样的戏的观众。于是我有了索性再写一出契诃夫和他妻子的戏的想法，以了却自己写作"契诃夫戏剧三部曲"的夙愿。

但真正促使我立即坐到书桌前动笔的外因，出现在 2015 年 2 月 6 日这一天。这一天在剧场内外有两件事让我深为感动。

一件是：我极其敬重的徐晓钟老师，在看过1月29日首演之后，在2月6日再次偕夫人来到剧场看戏。

另一件是：两位年轻的俄国文学博士生在2月6日看过戏后，给我发来短信，向我吐露她们的真实感受。

葛灿红发来的短信并不短：

> 童老师好，谢谢您带给我们这么美好的戏剧，使我们度过一个美好而富有诗意的夜晚！好几次感动得热泪盈眶！您的剧本让我回忆起读硕士时迷恋契诃夫的日子，那时跟着契诃夫一起思考人的使命，生命的意义，自由的价值！我在其中看到了契诃夫的戏剧、小说、书信、札记，甚至评论。您用自己的思想和对契诃夫的爱和理解，将它们如此完美地融合在一起，浑然天成。……虽然整部戏讲的是契诃夫和海鸥，但其中也有您的影子，那就是您的构思和创作！米齐诺娃是契诃夫的海鸥，《爱恋》就是您的契诃夫。

而在这之前，我已收到葛灿红的师妹文导微的短信：

> 童老师好，感谢您的《爱恋·契诃夫》！我们在其中遇到了诗、善良、感动……尤其是"契诃夫的海鸥"，还有最后"合影"的那个愿望，让人百感交集，悲伤，却又似乎还有希望，仍然相信着……师姐说，她从剧中看到了您对契诃夫的爱与感动。是这样的，谢谢您与我们分享了这戏

最美好的东西！

那晚，是个不眠之夜。

两天之后，我坐到书桌前，摊开稿子，把剧本的人物、时间、地点这三个要素写了下来：

人物　契诃夫和克尼碧尔

时间　自 1899 年 4 月 18 日——他俩第一次约会到 1904 年 7 月 15 日契诃夫去世

地点　莫斯科，雅尔塔，巴登威勒

两个月之后，《契诃夫和克尼碧尔》脱稿，又经过两个月的沉淀，剧本的第五稿于 2015 年 6 月 24 日完成。这就接近于定稿了。

那么，写过"契诃夫三部曲"后有什么启发与感想呢？

记得契诃夫人克尼黎尔曾说，每一个要在契诃夫的戏剧中扮演角色的演员都要记住：要演契诃夫的戏，就要像契诃夫那样地爱人，做一个善良的人。

我想，写契诃夫的戏的人，或扩大开来说，想把契诃夫当作自己的戏剧导师的人，便要把"像契诃夫那样地去爱人"奉为自己的一个道德使命，努力做个善良的人。

2015 年的一个秋日，我和剧作家费明应邀去天津做戏剧讲座。汽车在京津高速路上疾驰，费明先生告诉我他看过《契诃夫戏剧全集》首发式的视频。他说："我记住了你说的一句话：'善良也是生产力'。这句话很棒!"

这句话就是契诃夫给予我们的非常重要的启发。

草原和人

—— 读《草原》

契诃夫完成的文学创作中没有长篇小说。中篇小说《草原》是契诃夫的篇幅最长的小说。《草原》的开头颇有点长篇小说的气魄——

> 七月里一天清早,有一辆没有弹簧的、脱了皮的带篷马车走出某省的某县城,顺着驿路,一片响声地滚动着;像这种非常古老的马车,眼下在俄罗斯,只有商人的伙计、牲口贩子、不大宽裕的神甫才会乘坐了。

为什么说《草原》的开篇有点长篇小说的气魄呢?因为它多少让人联想起果戈理的长篇小说《死魂灵》的开头——

> 在省会 NN 市的一家旅馆门口,驶来了一辆相当漂亮的小型弹簧轻便折篷马车,乘坐这种马车的多半是单身汉:退伍的中校啦,上尉啦,拥有大约百把个农奴的地主啦,总而言之,一切被人叫作中等绅士的那些人。……

相似是明显的,但不同更加明显。《死魂灵》里的马车"相当漂亮"、带着"小型弹簧",乘坐的是"中等绅士",而到了《草原》里,马车已经"没有弹簧、脱了皮",乘坐的也都是"不大宽裕的"商人的伙计、牲口贩子、神甫之流。

契诃夫自己也意识到他的《草原》与果戈理有点瓜葛。1888年2月5日他在给一位俄国作家的信中不无幽默地写道:"我知道,果戈理在那个世界上会生我气的。在我们的文学中他是草原之王。我怀着善意闯入了他的领地……"也是在这封信里,契诃夫表述了他的一个艺术观念:"艺术家的全部精力应该贯注于两种力量:人和自然。"

契诃夫在创作《草原》时,真是全神贯注于"人和自然"这两种力量了。

在《草原》里,自然,即草原,不单单是作为人活动的背景存在的。这个草原被契诃夫拟人化后具有了自己的人格力量——

等到太阳开始西落,草原、群山、空气、受不了压迫,失去耐性,筋疲力尽,打算挣脱身上的枷锁了。出乎意外,一团蓬松的、灰白的云从山后露出来。它跟草原使了眼色,仿佛在说:"我准备好啦。"天色就阴下来了。(第二章)

太阳刚刚下山,黑暗笼罩大地,白昼的烦闷就给忘记,一切全得到原谅,草原从它那辽阔的胸脯里轻松地吐出一口气。(第四章)

契诃夫在《草原》里成段的风景描写有七处之多。最不能忽略的是第四段对于草原晚景的描写,因为这段描写已经伴随着作者的人生思考，从而也联系到了整个小说的思想意蕴的揭示——

……于是，在唧唧的虫声中，在可疑的人影上，在古墓里，在蔚蓝的天空中，在月光里，在夜鸟的飞翔中，在你看见而且听见的一切东西里，你开始感到美的胜利、青春的朝气、力量的壮大、求生的热望；灵魂响应着可爱而庄严的故土的呼唤，一心想随着夜鸟一块儿在草原上空翱翔。在美的胜利中，在幸福的洋溢中，透露着紧张和愁苦，仿佛草原知道自己孤独，知道自己的财富和灵感对这世界来说白白荒废了，没有人用歌曲称颂它，也没有人需要它；在这欢乐的闹声中，人听见草原悲凉而无望地呼喊着：歌手啊！歌手啊！

（第四章）

草原的美无人欣赏、无人歌唱，因而草原"孤独"，知道自己的美丽与财富"白白荒废了"。这是草原的悲剧。草原的悲剧来自人的悲剧。现在让我们看看，《草原》里活动着一些什么样的人。

《草原》有个副标题："一个旅行的故事"。一个名叫叶果鲁希卡的九岁的孩子，跟着他的做生意的舅舅库兹米巧夫乘一辆马车穿行辽阔的草原，到一个小城去上学。同行的还有神甫赫利斯托佛尔。库兹米巧夫关心的是找到一个经常在草原上游荡的比他财富更多的瓦尔拉莫夫。瓦尔拉莫夫只是在第六章末尾出现了一次。此人一点不可爱。"他的外表尽管平常，可是处处，甚至他拿鞭子的气派，都表现了掌握着权力和经常称霸草原的感觉。"

瓦尔拉莫夫之所以能"称霸"草原，是因为他的钱财最多。驿店店主的弟弟所罗门关于这种人际关系的奥秘有过透彻的说明。他对来到驿店歇脚的库兹米巧夫和赫利斯托佛尔说："我是哥哥的奴才；哥哥是客人的奴才；客人是瓦尔拉莫夫的奴才；要是我有一千万卢布，瓦尔拉莫夫就会做我的奴才。"

在这一个被商业利益所驱动的人群里，要算赫利斯托佛尔神甫最有文化的了，但就是他也对草原的美景无动于衷。当五天的草原旅行完结之后，这位已经赚得了一笔钱的神甫是这样来谈论对这次草原旅行的感受的："求求上帝拯救我们，万万别叫我们坐货车或者骑牛走路了！上帝宽恕我们吧：走了又走，往前一看，总是一片草原，铺展开去，跟先前一样：看不见尽头！这不是旅行，简直是胡闹嘛。"（第八章）神甫尚且如此，就不必指望在这一群人当中会有什么别的人来欣赏草原、歌唱草原了。

《草原》表现的另一个人群是货车队的车夫们。叶果鲁希卡跟这个货车队相处了两天之后，发现"这些新朋友，尽管年龄和性格不同，却有一个使他们彼此相像的共同点：他们这些人过去都很好，现在都不好"，"这些人都是受了侮辱的、命运不济的人"。这些苦命的车夫们要整日为自己的温饱操心，自然也不会有心思去欣赏草原的美色。

在这个车夫群中，最引人注目的，是长一头金色的卷发、身体十分强壮、有"捣乱鬼"诨号的迪莫夫。他一亮相，就让我们知道他无缘无故地、恶狠狠地打死了一条无害的小蛇。下边，小说对他又做了这样一番描写："他扭动着肩膀，两手插在腰上，说笑的声音比谁都响亮，看样子好像打算用一只手举起一个很重的东西，震惊全世界似的。他那狂放的、嘲弄的眼光在大道、货车、天空上溜来溜去，不肯停留在什么东西上，好像因为无事可做，很想找个人来一拳打死，或者找个东西来取笑一番似的。"（第四章）

就像草原"白白荒废了"自己的美丽一样，这个最强壮的迪莫夫也"白白荒废了"自己的力量。草原的命运与人的命运在这儿得到了对应。但这种人与草原（自然）的对应是以它们之间互相疏远的不和谐为基调的。和美丽的草原能够和谐起来的只有那个陶醉在幸福之中的康斯坦丁。他新婚不久，新娘回娘家了。"她一走，我就到草原上来逛荡。我在家里待不住。"——他这样说。他从一个篝火堆走到另一个篝火堆，为的是向陌生人诉说自己的幸福。这是小说里最亮的一个亮点。

小说的结尾也并不是乐观主义的。草原旅行结束了：叶果鲁希卡留在了准备上学的一个小城里。等到这个九岁的孩子看到舅舅和神甫已经离他而去，才感到："这以前他所熟知的一切东西要随着这两个人一齐像烟似的永远消失了；他周身发软，往小凳上一坐，用悲伤的泪珠迎接这个对他来说现在还刚刚开始的、不熟悉的新生活……这生活又会是什么样子的呢？"

"这生活又会是什么样子的呢？"这说的是叶果鲁希卡的即将开始的生活。这说的也是俄罗斯的命运。契诃夫在《草原》里的对于草原命运以及在草原上逛荡的人的命运的思考，最终落脚到了对祖国命运的思考。

契诃夫本人十分看重《草原》这部小说。事实上，《草原》

也的确是作家创作道路上的一块里程碑。它标志着契诃夫练笔的安东沙·契洪特阶段的终结，标志着契诃夫的成熟的创作期的开始。

沉默的异议

  1899 年 1 月 27 日，契诃夫给一位友人写信说："不久前我写了篇幽默小说，近日有人告诉我，列夫·托尔斯泰常常朗读这篇小说，读得非常好。"

  契诃夫指的是《宝贝儿》。托尔斯泰特别喜欢这篇小说，坦言"无论是陀思妥耶夫斯基，还是屠格涅夫、冈察洛夫，还是我本人都写不出这样来的。"托翁曾多次当着家人和客人朗读《宝贝儿》，引得听众笑个不停。

  《宝贝儿》是够逗乐的。小说女主人公奥莲卡的性格就让人觉得好笑。"她老得爱一个人，不这样就不行。"由此她获得了"宝贝儿"的称呼。小说的语言也幽默。如写到丈夫出差之后奥莲卡的失眠："这时候她就把自己比作母鸡，公鸡不在窠里，母鸡也总是通宵睡不着。"

  宝贝儿真是"嫁鸡随鸡"的女人。她一嫁给剧场经理库金，便认定"世界上最美妙，最重要的就是戏院"。当剧场经理的丈夫死后，宝贝儿改嫁木材商人，从此她"觉得生活中最重要最急需的就是木材"。木材商人死后，她与一个兽医成了相好，于是就认为"对家畜的健康应该跟对人类的健康一样关心才对"。

  不料，兽医有一天也远走高飞了。宝贝儿身边再没有可以寄托爱心的男人了，祸不单行的是，随着为她所爱的一个个男人的消失，"她什么见解都没有了"。

幸好几年之后，兽医的儿子来到了奥莲卡的身边。她便把全部爱倾注到了这个头戴大制帽的中学生身上——

> 每逢傍晚，他在饭厅里坐下，温习功课，她就带着温情和怜悯瞧着他……
>
> "四面被水围着的一部分陆地称为岛。"他念道。
>
> "四面被水围着的一部分陆地……"她学着说，在多年的沉默和思想空虚以后，这还是她第一回很有信心地说出她的意见。

真是妙笔！嘲讽与抒情，可笑与可爱竟能如此水乳交融于一处。

上引的一个小说片段，也是小说最最打动托尔斯泰的地方。托尔斯泰在为《宝贝儿》写的《跋》中把这个与中学生相依为命的女人称为"以无限的爱去爱未来的人"。

1901 年秋天，托尔斯泰与契诃夫在克里米亚一个旅游胜地会面时，滔滔不绝地赞美宝贝儿的爱是如何的圣洁，把契诃夫弄得好尴尬。据会见时在座的高尔基后来追忆："托尔斯泰说得很激动，泪花在眼眶里闪动。而契诃夫这天正好发烧，脸颊上泛着潮红，他低头坐着，认真地擦拭着夹鼻眼镜。良久的沉默之后，叹了口气，不好意思地轻声说道：那里有印错的字……"

已故拉克申院士在《托尔斯泰和契诃夫》一书中，对高尔基回忆的这个情景有个解释：这是契诃夫向"权威的读者（即托尔斯泰）表示沉默的异议"。

当初契诃夫听说托尔斯泰喜欢《宝贝儿》，心里当然是美滋滋的。及至当面听到托尔斯泰对于宝贝儿的赞美，心里肯定不是滋味，因为他从中体察到了他们之间的歧见。

契诃夫与托尔斯泰的分歧是在对于妇女问题的不同看法上。托尔斯泰认为女人的头等大事是"爱"。而契诃夫认为女人还应该有自己独立的人格。

《宝贝儿》是很幽默的。高尔基关于契诃夫对托尔斯泰的赞美表示"沉默的异议"的描写，也很有幽默情趣。

《站长》的幽默

　　《站长》是契诃夫署名安东沙·契洪特时期写作的大量幽默小品中较有代表性的一篇。

　　作品开门见山，头一句便把故事主人公的姓名——斯捷潘·斯捷潘内奇·谢普士诺夫，和职务——德烈别兹加火车站的站长，亮了出来。接着像是为了刺激读者的阅读兴趣，写了一段似乎自相矛盾的话——"在刚过去的夏天，他出了点小小的岔子……由于这个岔子，他失去了新制帽，也失去了对人类的信心。"岔子是"小小的"，但为这个"小小的岔子"，谢普士诺夫失去的却是"大大的"——"失去了对人类的信心。"这是契诃夫的幽默笔法，包括把世俗的"新制帽"与崇高的"人类的信心"并列在一起让那位站长一同"失去"，读来都让人觉得滑稽。

　　接下去写"岔子"也是故事的过程：站长谢普士诺夫与附近庄园总管的妻子玛丽雅月夜幽会，被总管撞见。站长没命地逃跑，几乎被火车撞死，但还是被总管追上，站长准备让总管"打得死去活来"，总管却乐于和他"订个合同"私了："我的玛霞对我说，多承您不嫌弃，同她发生关系了。对这一点，我倒无所谓……不过，如果公平地论事，那就请您费神跟我订个合同，因为我是丈夫……我收您一张二十五卢布钞票好了……其次，我想求您一件事，您能给我的侄子在您的车站上谋个小差事吗？……"

"原本以为会是那样"，"结果却是这样"——出乎意外的结局是契诃夫早期幽默小品的一个重要特点。站长原本以为要挨总管一顿揍，结果总管"友好地"与他做交易。但站长对此的反应又是让人出乎意料的——

　　谢普土诺夫什么也没听见，什么也没看见，好歹磨蹭到车站上，一头倒在床上。第二天醒过来，他没找到他的制帽和一块肩章。他直到现在还感到羞愧。

"羞愧"什么呢？至少是为自己在一场感情游戏中的出乖露丑而感到"羞愧"吧。契诃夫对这场感情游戏的表现用的也是幽默笔法。先是点明玛丽雅这个女人"已经不特别年轻，也不特别漂亮"。站长与她调情纯粹出于无聊，因为"寂寞犹如饥饿，不是好受的，那就什么都可以将就了！"继而把他们的幽会写得出奇的"抒情"："谢普土诺夫搂住玛丽雅·伊里尼希娜的腰，不说话。她也沉默着。两个人处在一种甜蜜的、像月光那样安谧的陶醉状态里。"最后让玛丽雅的丈夫出现，把这场感情游戏最终以闹剧收场。让读者也最终明白，在这里无论是男女之间的爱情或是人与人之间的真情，实际上都是不可能存在的。

《意见簿》的幽默

　　在契诃夫早期幽默小品中，有一种是幽默对话。《意见簿》可以说是"幽默对话"的变种。

　　《意见簿》构思奇巧，它把形形色色的"意见"编织在一起，尽管"意见"各异，却有内在联系。比如，在有位好事之徒"揭发""宪兵太太昨天同车站食堂老板柯斯契卡同坐一辆马车"到河对岸兜风之后，接着就有某助祭士埋怨在车站食堂"找不到斋戒的素食"。食堂老板忙于幽会，食堂还能办得好吗？

　　就这样，这"意见簿"里的一条条"意见"，经过这类"蒙太奇"式的组接后，勾勒出了旧俄社会一个细胞组织的很不雅观的轮廓，而在各条"意见"的背后也显现着提"意见"人的种种性格与心态。这里有闲得无聊的人，有搬弄是非的人，有公开告密的人，有坠入爱河的人……而代站长伊凡诺夫第七偏偏在这位热恋者的热烈情语——"卡倩卡，我发疯般地爱您"后，大笔一挥写下一条大煞风景的"批示"："我要求在意见簿上勿写不相干的事情。"你要扫恋人的兴致，别人也会扫你的威风，说"虽然你是第七，可你也还是傻瓜。"

　　《意见簿》开头的一小段"前言"也有内涵——

　　　　它，那簿子，放在火车站长专为它设置的写字台抽屉里。写字台抽屉的钥匙"由车站宪兵妥为保管",其实钥匙根本用不着,因为写字台抽屉永远开着。

据此,我们不妨做这样的推理。火车站的头头有一天心血来潮,想作"民主"姿态,专设"意见簿",请过往旅客提出"宝贵意见",但又疑神疑鬼地将这"民主"的象征锁进了抽屉,而且把钥匙交由最不讲"民主"的宪兵"妥为保管"。旅客们最不愿意与宪兵打交道,他们自己动手,拧掉铁锁,取出"意见簿"。而铁锁拧开之后,车站头头也听之任之,尽管钥匙"由车站宪兵妥为保管"的告示照样贴着,但"其实钥匙根本用不着,因为写字台抽屉永远开着。"

短短一段文字,凝聚着值得深长思之的社会内容。在契诃夫的幽默背后,站着一个冷眼观察世界、揭露社会病象的智者契诃夫。

我读俄罗斯文学

文学的复调

　　19 世纪俄国文学有辩证的复调结构。当契诃夫说他的作品中既没有魔鬼也没有天使的时候，他实际上是在总结一条俄国现实主义文学的审美特征：作家不轻易地对复杂的生活进行裁决。契诃夫的剧本《海鸥》里有两个处于对立状态的剧中人物——作家特里波列夫和作家特里果林。他们有各自的长处与短处。契诃夫欣赏特里波列夫的"新奇"，契诃夫也欣赏特里果林的"老道"。如借用巴赫金的用语，这也是一种文学的复调结构。

　　巴赫金的复调理论很复杂，应该做专题研究。如果狭义地把它理解为话语分析方法，强调"在陀思妥耶夫斯基小说中，作者讲到主人公，是把他当作在场的、能听到他（作者）的话、并能作答的人"，"复调方法"就可能成为陀思妥耶夫斯基的专利。如果广义地把它理解为如在《卡拉马佐夫兄弟》中鲜明体现出的"Pro"和"Contra"（"赞成"和"反对"）的双重对立统一，强调"陀思妥耶夫斯基复调的重要之点，恰恰在于不同意识之间发生的事，也就是它们之间的相互作用和相互制约"，"复调方法"就可能如同卢那察尔斯基所说，早在莎士比亚的戏剧中就已存在。

　　普希金的作品，如《青铜骑士》中，"不同意识之间……的相互作用和相互制约"表现得何等的尖锐。

　　《青铜骑士》当然是一曲对于彼得大帝业绩的颂歌——"我

爱你，彼得大帝的创造，/我爱你，庄严肃穆的景象……彼得大帝的城市，美丽呵，坚强呵/不屈不挠地像俄罗斯一样。"

但《青铜骑士》同样是一曲对于叶夫根尼命运的悲歌。这首长诗最后以叶夫根尼的死亡作结。而小人物叶夫根尼的不幸，也有"青铜骑士"的不可推卸的责任。

《青铜骑士》所展示的"不同意识的"冲突，用俄国文学界的专用词汇，就是"民族性"与"人民性"的冲突；用人类社会的通用语言，就是"大人物"与"小人物"的冲突。俄国散文家普里什文深沉思考过《青铜骑士》的复杂内涵之后，于1947年5月19日的日记中写道："《青铜骑士》中的叶夫根尼在我们心中引起对于那些丰功伟绩的牺牲者们个人命运的怜悯之情。"

普里什文的思考可能接近于普希金创作《青铜骑士》时的思考。托尔斯泰在创作《塞瓦斯托波尔故事》《战争与和平》时，也接近于这个思考。

托尔斯泰在《关于〈战争与和平〉的几句话》里就说到艺术家与历史学家对历史真实的不同立场："历史学家面对真实时，有时有义务把历史人物的全部活动引到赋予这个人物的单一思想之下；艺术家相反，他从这个单一的思想里，发现和自己的任务不相符合，力图理解和表现的不是著名的活动家，而是人。"

"复调"是对"单一思想"的反拨。在《战争与和平》里，一身戎装的军人倒在波罗金诺的战场上，头脑里想的已经不是战争，不是历史，不是拿破仑或库图佐夫，而是自己和自己的亲人。在小说里，"战争"与"和平"也是一组"复调"，而《战争与和平》里最动人的还是"和平"的画面。

1809年的春天，安德烈公爵去视察由他监护的利阿赞庄园。在乡间的路上，看到"路边上立着一棵橡树……它像一个古老的、严厉的、傲慢的怪物一般站在含笑的桦树中间"，安德烈公爵的"一整串绝望而又愉快得可悲的新思想，随着那棵树在他灵魂中腾起"。

几星期后，安德烈公爵去造访奥特拉德诺耶的伊利亚·罗斯托夫伯爵。在奥特拉德诺耶小住几天，初识娜塔莎，在"他灵魂里突然掀起这样一种与他的全部生活情调相反的青春思想和希望的意外骚动"之后，启程回家。这就是《战争与和平》第二册第三卷第三章的那个著名的片断——

这已经是六月的开头，在回家的路上，他的车子赶进那给过他非常稀奇难忘的印象的多结老橡树所在的桦树林。在树林里，马铃响得比六个星期前更加沉闷了，因为这时一切都是茂盛的、多荫的、浓密的，点缀在树林里的小枞树，并不破坏总体的美，却适应了周围的情调，长满带绒毛的娇绿的嫩枝了。……

"是的，跟我意见相投的那棵橡树，就是在这个树林子里，"安德烈公爵想到，"可是在哪里啦？"他又惊疑道，一面向路左边看，于是满怀赞美地看他寻找的那同一棵树，他认不出来了。那棵老橡树，完全变了样子，展开一个暗绿嫩叶的华盖，如狂似醉地站在那里，轻轻地在夕阳的光线中颤抖。这时那些结节的手指，多年的疤痕，旧时的疑惑和忧愁，一切都不见了。透过那坚硬的古老的树皮，以至没有枝子的地方，生出了令人无法相信那棵老树会生得出的嫩叶。

"是的，这就是那棵橡树，"安德烈公爵想到，于是他陡然起了一种欢喜和更新的不可理解的春天感。他一生最好的时刻突然都记了起来。奥斯特里齐和那崇高的天空，他太太那死后的不满意的脸，渡头上的彼尔，被夜间的美撩动了的那个少女，那夜间自身和月亮，还有……这一切忽然间涌上心头。

"不，生命在三十一岁上并未过完！"安德烈公爵突然斩钉截铁地说道，"我内心有什么东西，我一个人知道是不够的——人人都应当知道：彼尔、那个要飞进天空的少女。人人都应当知道我，这样我才不至于专为我自己活着，与别人完全无关，这样我的生命才可以在他们全体身上反映出来，他们和我可以和谐地活下去。"

这是堪称经典的文学段落。拉克申院士在分析了这个段落之后，笔锋一转，写道：

由此难道不能让我们想起普希金《……我又一次来到》一诗中在祖先庄园边的树木？
一个绿色的家族，在它庇荫下，
枝叶交攀，像一群孩童。而远处
站立着它们的一个忧郁的同伴，
像一个年迈的光棍汉……
你好，我陌生的青年一代。

这个生命的枯萎和再生的景象的两次重复，而且两次都与主人公的心灵状态相吻合，所有这一切都是由普希金传递给托尔斯泰的，而且不是作为语境的偶合，而是作为对于自己的艺术机体的同源的诗情体悟……体现着俄罗斯的精神和民族的文化经验。

　　俄国文学中的"同源的诗情体悟"，"俄罗斯的精神和民族的文化经验"来自于普希金的传递。普希金对于19世纪俄国文学的特殊意义就在于此。

　　别林斯基写了十一篇宏文来评论普希金的创作。快写完最后的第十一篇文章时，别林斯基总结道："他将来会有一天成为俄国的经典诗人，将根据他的创作构建和发展起来的，不单单是审美的而且还有道德的精神……"

　　这和格里戈利耶夫所说的"普希金，我们的一切"是一致的。

Смирение——斯米联尼也

在普希金的传记中，有一则据说确有其事但分明有损诗人完美形象的故事——

听到彼得堡的青年朋友要在 12 月 14 日起义的消息，普希金于当天凌晨离开米哈依洛夫斯克特朝彼得堡进发，但没有走到头一个驿站便打道回府了，因为在路上遇到了一个神父和一只三次跑到他前边去挡道的兔子。

象征主义评论家梅列日科夫斯基抓住这只"兔子"，做了宿命的象征主义引申，说"12 月 14 日的这一只普希金的兔子好像跑到了整个俄国文学的前头"。意思是说，不仅普希金，就是整个俄国文学都是宿命地以反抗开始而最终走上温顺妥协之路。

梅列日科夫斯基这个观点很偏颇，像那种以为 19 世纪俄国文学是"从头革命到底"的观点一样偏颇。但他无意中提出了一个让我们颇感兴趣的文学现象，即 Смирение（斯米联尼也）现象。我们把 Смирение 译成"温顺"或"温顺妥协"其实也不能完全达意。反正这是一个与"对抗"、"反抗"相对应的反义词。但又好像沾点宗教伦理的边。象征派诗人巴尔蒙特看到日本的寺庙便想到"Художественное Смирение"（"艺术的温顺"）。俄国作家好用这个词。最经典的例子是陀思妥耶夫斯基在 1880 年 6 月 8 日纪念普希金的演说中讲的这一句："Смирись, гордый человек!"

怎么翻译好呢？"温顺一点吧，骄傲的人！""平和一点吧，骄傲的人！""作点妥协吧，骄傲的人！"……都还是传达不出Смирение这个词汇里蕴含的某种宗教宽容的意味。19世纪俄国文学中最能体现Смирение精神的文学人物，像《贵族之家》里的丽莎、《白痴》里的梅什金公爵，都是在精神上趋近宗教的人物。因此，梅什金的名言——"美能拯救世界"——其实也是一句体现Смирение精神的格言。在这里，"美"不单是个审美概念，而是一个包含宗教宽容的道德概念。梅什金还说过，拯救世界"不必借助刀剑与血污"。但把Смирение赋以艺术的血肉，它就是审美的"美"了。

契诃夫的剧本《万尼亚舅舅》里的万尼亚舅舅以反抗开始，以结束反抗的Смирение结束。索尼娅的呼唤温顺妥协的长篇独白在低沉的琴声中打动了每一个观众的心——

> 万尼亚舅舅，我们要活下去，我们要度过一连串漫长的夜晚；我们要耐心地承受命运给予我们的考验；无论是现在还是在年老之后，我们都要不知疲倦地为别人劳作；而当我们的日子到了尽头，我们便平静地死去，我们会在另一个世界说，我们悲伤过，我们哭泣过，我们曾经很痛苦，这样，上帝便会怜悯我们……我们要休息！我们将会听到天使的声音，我们将会看到镶着宝石的天空，我们会看到，所有这些人间的罪恶，所有我们的痛苦，都会淹没在充满全世界的慈爱之中……

不管契诃夫与陀思妥耶夫斯基有多么的不同，但《万尼亚舅舅》所表现出来的温顺的妥协与比如《死屋手记》中表现出来的 Смирение 一样具有哀愁之美与远瞻未来的理想色彩。万尼亚舅舅和那个名叫戈良奇科夫的"我"之所以接受现实、顺从命运，与生活作温顺的妥协，是因为他们都期待着明天，相信"所有这些人间的罪恶，所有我们的痛苦，都会淹没在充满全世界的慈爱之中"。

没有烧毁的诗句

1852 年 2 月 21 日，俄国作家果戈理去世。去世前十天，即 1852 年 2 月 11 日深夜，果戈理爬到寓所二楼的一间空房里，把小说《死魂灵》第二部手稿付之一炬。

对于这个在没有外力压迫下作家自焚书稿的行为，果戈理的朋友包戈廷在对死者的悼文中做了评价："这个行为是基督式自我牺牲的伟大壮举？还是深蕴崇高精神内容的自我陶醉？还是残酷的心灵创伤的作怪？"

果戈理这是第二次烧《死魂灵》第二部手稿。头一次烧稿是在 1845 年夏天，烧掉的是初稿。一烧再烧的不肯让"谬种流传"的固执，似可在"自我牺牲"、"自我陶醉"、"心灵创伤"之外，再加上一条"追求完善"的执着。

可与果戈理烧绝命作相提并论的是高尔基烧处女作。

1889 年高尔基写了部长诗，题名"老橡树之歌"。他把诗稿呈送老作家柯罗连科，未获好评，在失望中竟把诗稿烧掉了。

长诗烧掉了，大概也忘掉了，只是记住了其中的一句——"我来到这个世界是为了说不。"

三十年后，已经是大作家、大人物的高尔基，在一篇文章里自我作古地引用了这一句没有烧毁的诗句，说："'我们来到这个世界是为了说不'，为了与生活的丑恶做斗争。"

异样的爱

按照别林斯基的看法,《童僧》里的主人公是诗人莱蒙托夫"自己个性影子在诗歌中的反映",童僧的生活目标只有一个:逃脱窒息人的僧院,飞向——

> 激动与战斗的奇异的世界,
> 在那里山峰高耸的云层里,
> 人们像苍鹰般自由而自在。

莱蒙托夫就是这样一个天马行空式的性格诗人,追求个性自由以及对于这种追求的富于个性的诗意表达,构成了莱蒙托夫诗歌的动情力。

所以我们特别容易记住《帆》的最后一节诗——

> 下面是比蓝天还清澄的碧波,
> 上面是金黄色的灿烂的阳光……
> 而他,不安分地,在祈求风暴,
> 仿佛是在风暴中才有安宁。

所以我们不会忘记他说的:"不,我不是拜伦,我是另外一个"，"我爱祖国，但用的是异样的爱"……

莱蒙托夫留给世界的最后一首诗，表达的也是一种异样的爱——

1

不是，我这样热爱着的并不是你，
你美丽的容颜也打动不了我的心；
我是在你身上爱着我往昔的痛苦，
还有那我的早已经消逝了的青春。

2

当我有时候把自己锐利的目光
刺入了你的眼睛，而向着你凝睇；
在我的心窝里却做着暗暗地情谈，
但是在一道对谈的人却并不是你。

3

我是在同我的年轻的女友倾谈，
在你的面貌上寻找着另一副容颜；
在活的嘴唇上寻找已沉默的嘴唇，
在你的眼睛里寻找熄灭的火焰。

这是莱蒙托夫的一首率直得让人吃惊的诗。可以这样想象一下：诗人面前坐着一位姑娘，他们是在谈情说爱，而诗人在心里却对姑娘说，"我这样热爱着的并不是你"。但你会因此不喜欢这个"在你的面貌上寻找着另一副容颜，在活的嘴唇上寻找已沉默的嘴唇"的诗人吗？不会的，象征派诗人巴尔蒙特在《致莱蒙托夫》一诗中承认，他之所以特别喜欢莱蒙托夫，就因为他有一种"非人的情怀"。

和解的年龄

老之将至，是否要和宿敌化解怨仇？这个问题苦恼了不少文化人。

鲁迅先生晚年说："我的怨敌可谓多矣，倘有新式的人问起我来，怎么回答呢？我想了一想，决定的是：让他们怨恨去，我也一个都不宽恕。"（《死》）

鲁迅这话是在特定的时代背景下说的，恐怕不能据此就推断他绝对不主张文敌之间的相互宽恕，先生毕竟写过"度尽劫波兄弟在，相逢一笑泯恩仇"的诗句。

在俄国文坛，屠格涅夫树敌不少。法国作家安德烈·莫洛亚在《屠格涅夫传》里不无幽默地说："他（即屠格涅夫）有一种既能冒犯保守派又能触怒革命派的惊人本领"。

莫洛亚说的不无道理但也不够确切。小说《奥勃洛莫夫》的作者冈察洛夫和列夫·托尔斯泰既不"革命"也不"保守"，但1860年屠格涅夫与冈察洛夫对簿公堂，当众宣布绝交；1861年屠格涅夫与托尔斯泰发生冲突几乎要决斗。文人之间的争执，原因相当复杂，有时甚至是说不清道不明的。

不过，屠格涅夫对人世间的恩恩怨怨有个相当明确的看法，那就是：年轻时可以结怨，年老时应当解仇。

1855年写作小说《罗亭》时，屠格涅夫把这个观点通过罗亭的同窗老友列日涅夫之口说了出来：

"要知道我们是最后的莫希干人了！在年纪轻轻、来日方长的时候，我们尽可以分道扬镳，甚至怒目相对，但现在渐入老境，知交凋零，而新的一代又与我们擦肩而过，我们应该守望相助，彼此扶持才对。"

九年之后，屠格涅夫在写给刚刚与之言归于好的冈察洛夫的信里，重复了"我们是最后的莫希干人"这句话："我们是最后的莫希干人。我愿意再说一遍，我衷心高兴，我的手心重新感觉到了您的手心的温暖。"

屠格涅夫与赫尔岑的和解是在 1867 年。屠格涅夫把刚出版的小说《烟》寄给了已经绝交多年的赫尔岑，顺便附去一封祈求和解的信："您已经过了五十五岁，我明年也满五十岁了。这年龄是和解的年龄。"

1877 年 7 月，屠格涅夫与涅克拉索夫化敌为友，是在气息奄奄的诗人的病榻前。屠格涅夫后来在散文诗《最后的会面》里对此做了把哀婉的诗情提升到人生哲理的描述：

"我们曾是亲密无间的朋友……但那倒霉的时刻一到，我们就像仇敌一样地分道扬镳了。好多年过去了……我走进他的房间……我们的目光相遇了。我几乎认不出他。上帝！疾病怎么把他折磨成这样！……我坐在他的病床旁边……我感觉到在我们之间像是坐着一个高高的、静静的、白白的女人。长长的外衣把她从头到脚覆盖着……是这个女人把我们两人的手联结到一起……是的……死亡让我们和解了……"

1880 年，趁参加普希金纪念碑揭幕仪式的机会，屠格涅夫也曾设法与陀思妥耶夫斯基和解，但失败了。有一本名叫《陀思妥耶夫斯基最后一年》的书里记录了陀氏拒绝与屠格涅夫和解的场景。现在还记得当年读到书里那个段落时我是怎样地黯然神伤的。

人的灵魂深渊

在不少人眼里，陀思妥耶夫斯基与尼采并肩而立。

俄国哲学家列夫·舍斯托夫（1866—1938）问世于1903年的《悲剧的哲学》，其副标题就是"陀思妥耶夫斯基与尼采"，舍斯托夫大胆断言："可以毫无疑问地肯定，如果不是感到背后有陀思妥耶夫斯基的支持，这位德国哲学家（即尼采）在《道德的谱系》中无论如何也不可能叙述得如此大胆和直率。"

另一位俄国哲学家尼古拉·别尔嘉耶夫（1874—1948）在他的代表作《俄罗斯思想》（1946）中，则是这样来把陀思妥耶夫斯基和尼采相提并论的：

"19世纪俄罗斯宗教思想和宗教探索的重要人物主要不是哲学家，而是小说家——陀思妥耶夫斯基和托尔斯泰。陀思妥耶夫斯基是一个伟大的俄罗斯形而上学者，更准确地说，是一个人类学家。他完成了关于人的伟大发现，以他为开端开始了人的内心史的新纪元。在他之后人已经不是在他以前那种样子了。只有尼采和克尔凯郭尔能够与陀思妥耶夫斯基一起分享这个新纪元的奠基者的荣耀。"

英国学者理查兹1927年做了一篇题为《陀思妥耶夫斯基的上帝》的文章。他借《群魔》小说人物斯塔夫罗金的故事来暗示陀思妥耶夫斯基与尼采的联系："既然上帝不存在，他斯塔夫罗金必须把上帝的职能担当起来。他必须惩罚自己以便求得宽恕，最后他也杀死了自己，不过他的自杀本身不是为了给别人指路，也不是为了宣告人与上帝一体的实现。"

其实，更能说明陀思妥耶夫斯基与尼采联系的人物是《群魔》里的基里洛夫。请听基里洛夫是如何发表他关于"人与上帝"以及人的"自我意志"的看法的：

"生活就是痛苦，生活就是恐惧，所以人是不幸的。如今一切全是痛苦和恐惧。如今人们之所以热爱生活，是因为他们喜欢痛苦和恐惧……谁能战胜痛苦和恐惧，他自己就能成为上帝……上帝就是对死亡的恐惧所产生的疼痛。谁能战胜疼痛和恐惧，他自己就会成为上帝。"（第一部第三章）

"假若没有上帝，那么我就是上帝。……要是上帝存在，那么一切意志都是他的意志，我也不能违背他的意志。要是他并不存在，那么一切意志都是我的意志，我也必须表达自己的意志。"（第三部第六章）

怎样表达"自己的意志"呢？彼得·韦尔霍夫斯基建议说："我要是处在您的地位，为了表明自己的意志，我会杀死另一个人。"但基里洛夫不同意这个观点，他回答说："杀死另一个人，这是我自己的意志的最低点……我追求的是最高点，所以我要自杀。"

基里洛夫关于"假如没有上帝"该如何如何的想法，与伊凡·卡拉马佐夫（《卡拉马佐夫兄弟》）的想法显然有差别。伊凡·卡拉马佐夫的想法是"假如没有上帝，那么什么都容许"。当然也包括"容许"杀人。而基里洛夫把杀人视为"自己的意志"的最低点，他选择的是"自己的意志"的最高点——自杀。

但无论是杀人还是自杀，都是对和谐的破坏。用这样破坏和谐、扼杀生命的"自己的意志"来战胜"疼痛与恐惧"，依旧是信仰危机带来的精神危机的结果，这是陀思妥耶夫斯基像尼采一样地表现出了哲学思想家的尖锐的洞察力。

然而，陀思妥耶夫斯基主要不是哲学家，而是文学家、艺术家。因此，别尔嘉耶夫关于陀思妥耶夫斯基"完成了关于人的伟大发现，以他为开端开始了人的内心史的新纪元"的说法，最好移用到文学艺术的领域来理解。巴赫金在他那部著名的《陀思妥耶夫斯基诗学诸问题》中，也指出了陀思妥耶夫斯基创造了艺术地把握世界的新形式，"因此他得以揭示和发现人和人生的新的侧面"。这个"新的侧面"就是人的空前的复杂性。这就像德米特里·卡拉马佐夫在那段"热心的忏悔"中所说的那样，人可以"从圣母玛利亚的理想开始，而以所多玛城的理想告终"，"这里，魔鬼同上帝进行搏斗，而搏斗的战场就是人心"。(《卡拉马佐夫兄弟》第一部第三卷第三章)

当魔鬼和上帝、卑下的冲动和高尚的情操在陀思妥耶夫斯基小说人物的心田展开搏斗的时候，人类行为的善与恶的两极对于他们具有同等强度的吸引力。人的向善的本性(即"圣母玛利亚的理想")与恶的冲动(即"所多玛城的理想")永远此长彼消，或此消彼长地左右着人的心灵。这也是人心的"复调"结构。而且"恶"在人的"内心只"中也不总是起消极作用，因为与"恶"有机联系着像痛苦与悔悟这样的心理过程，为"善"的升华提供了新的动力与契机。

陀思妥耶夫斯基是俄国 19 世纪文学中最早出现的一个无法用 19 世纪文学理论加以解释的作家。具体地说，用传统的"典型性格"的理论就无法完全说明陀思妥耶夫斯基的小说人物。当鲁迅先生指出陀思妥耶夫斯基可以在他的人物的罪恶的灵魂里拷问出清白来的时候，实际上也就指出了他的不同凡响的深刻性与现代性。

人和他的道德世界

　　"恶"从何而来？对于这个问题，在评论家别林斯基与作家托尔斯泰之间，存有歧见。

　　别林斯基认为恶的源泉在社会，他说："恶不在人而在社会。"那么，只需把社会加以改造，"恶"也将不复存在。

　　对于托尔斯泰来说，"恶"与"善"一样，都是与生俱来的人之天性。因此托尔斯泰认为"关于恶的起源问题，如同关于世界的起源问题一样的不可思议。"

　　为什么不可思议呢？因为"恶"的产生往往是不以人的意志为转移的。比如，聂赫留道夫主观上并没有想对玛斯洛娃作恶，但还是作了恶。《复活》第一部第十六章、第十七章，实际上就是写了人的不可思议的"恶"。托尔斯泰在写聂赫留道夫对于玛斯洛娃的"始乱终弃"的最初时刻，一再强调了人的兽性的情欲的原罪本质。

　　"在他身上活着的兽性的人，现在不但已经抬起头来，而且把他第一次做客期间，以至今天早晨在教堂里的时候还在他身上活着的那个精神的人踩在脚下，那个可怕的兽性的人如今独自霸占了他的灵魂……可怕的和无法抑制的兽性感情已经把他抓住了。"

　　他站在那儿，瞧着卡秋莎的心事重重的、由于内心斗争而苦恼的脸，他不由得怜惜她，然而，说来奇怪，这种怜惜反而加强了他对她的欲念。

"这种欲念已经完全控制住他。"

于是有了那个"可怕的夜"。

然而，按托尔斯泰的说法，"整个人生乃是肉欲与精神的搏斗，乃是精神对于肉欲的逐渐战胜"。

聂赫留道夫的"原罪"式的罪孽刚刚犯下，精神的复苏就开始了——

等到她周身发抖，一声不响，也不搭理他说的话，从他那儿走掉了，他就走出去，来到门廊上，站住不动，极力思索刚才发生的这件事的意义。

外边亮得多了。下边，河面上，冰块的崩裂声、磕碰声、喘息声越发响起来，而且在原有的各种响声之外，还添上了流水的潺潺声。大雾开始往下降，下弦月从雾幕后面升起来，朦胧地照着一个乌黑而可怕的什么东西。

托尔斯泰用"冰块的崩裂声"等自然界的表现生命流动的声响，用雾幕后面的下弦月的朦胧的光照，来艺术地暗示聂赫留道夫在心灵深处展开的善与恶的冲突。

到了第二天，这种冲突仍旧继续着——

聂赫留道夫在姑姑们家里度过的最后一天当中，前一天夜里的事在他的记忆里还很新鲜，因而有两种心情在他的灵魂里游荡着，相持不下：一种是兽性的爱情所留下的烈火般的、色情的回忆，虽然这种爱情远不及它所应有的那样美满，不过他总算达到了目的，多少得到了一点满足；另一种是他体会到他自己做了一件很坏的事，这件坏事必须弥补一下才行，然而<u>这种弥补却不是为她，而是为自己</u>。（画线部分为引者所加）

从此，聂赫留道夫成了典型的"忏悔的贵族"。但他忏悔、他赎罪，"是为自己"。

怎么才能真正地忏悔、赎罪、自救呢？告别自己的生活圈子，过另一种生活。聂赫留道夫后来跟着玛斯洛娃走了三个月的西伯利亚流放之路。玛斯洛娃不肯接受他的悔悟，"这使得他又伤心又羞惭"，但三个月的与流放犯人共处的日子，使得聂赫留道夫明白了一个道理："社会和一般秩序所以存在，并不是因为有那些合法的罪犯在审判和惩罚别人，却是因为尽管有这种腐败的现象，然而人们仍旧在相怜相爱。"

但聂赫留道夫毕竟只是暂时地告别了自己的生活圈子。下决心永远告别自己生活环境的"忏悔贵族"，是托尔斯泰剧本《活尸》里的主人公普洛塔索夫。他的一句台词把他的"永恒痛苦"剖白得十分透彻——

所有生活在我们这个社会圈子里的人，面临着三个选择：当官、发财、增加你置身于的这个丑恶社会的丑恶。我讨厌这个，可能是不会这样做，但主要是讨厌这样做。第二，破坏这个丑恶，要做到这个，需要是个英雄，而我不是英雄。还有第三个选择：逃避——喝酒，玩耍，唱歌。我就这样行事。现在我嗓子都喝哑了。

最后普洛塔索夫决定以假自杀的方式逃离他的生活圈子。先是有看破生活的丑恶的悔悟，然后再从这个丑恶的生活圈子里逃离出去。这是托尔斯泰心目中的一种值得赞许的道德抉择。

托尔斯泰作品中的这些"忏悔"、"出走"、"自救"、"复活"的题旨，最后被托尔斯泰本人于1910年10月28日的离家出走照耀得分外明亮。

托尔斯泰的离家出走不是一时的冲动。当他在19世纪80年代对闲散的贵族生活表现出极大的反感，以至于自己下田种地、不吃荤菜，心里产生负罪感的时候，他要从本阶级的生活圈中挣脱出来的思想已经萌生。

托尔斯泰在1882—1886年之间撰写的长文《我们怎么办》里，记录了他从乡间来到莫斯科目睹穷人的惨状后的心灵震动与创痛，他说："面对成千上万的人饥寒交迫与屈辱，"他全身心地意识到这是一种社会性的犯罪行为，"而我，以自己的养尊处优，不仅是这一社会罪行的姑息者，而且还是罪行的直接参与者。"托尔斯泰后来把他在莫斯科一个流浪人收容所看到的非人景象告诉了一位城里的朋友，那位朋友劝托尔斯泰无须为此痛心疾首，说这是"正常的城市现象"，甚至是"文明的不可缺少的条件"。这下子可激怒了托尔斯泰——

我开始反驳我的这位朋友，而且反驳得那样的激烈和愤怒，以至于妻子从另一个房间走了过来……原来，我自己也没有发觉，我是含着眼泪向我的朋友挥手大喊。我喊道："不能这样生活，不能这样生活，不能！"

　　托尔斯泰在离家出走之前，一定在内心深处重复着二十年前的这声"不能这样生活"的呼喊。托尔斯泰用自己的生命向世人说明，人即使到了临近死亡的时候，也可以脱离旧的生活环境而开始寻找新的更加符合道德原则的生活，托尔斯泰的离家出走让我们更加清楚地认识了他的乃至整个 19 世纪俄国文学的一个重要文学主题——人和他的道德世界。

永恒女性温柔

普希金模仿英国诗人拜伦，这是没有错的。但赫尔岑还是把这两位浪漫主义大诗人做了最最本质的区分："拜伦在心灵深处是英国人，而普希金在心灵深处是俄罗斯人。"这民族的天性反映到诗人的天赋上后，赫尔岑发现，"普希金的诗神缪斯……是个健美的女人。"

巴尔蒙特借鉴法国诗人波德莱尔，这也众所周知。但我们也可以学着赫尔岑的说法给这两位象征主义诗人做根本性地区分：波德莱尔在心灵深处是法国人，而巴尔蒙特在心灵深处是俄国人。我们还能进一步说：巴尔蒙特的缪斯是个柔美的女人。

安年斯基在巴尔蒙特的缪斯正大放光华的 1904 年就写文章说，巴尔蒙特诗歌的基本特征是"柔情与女性"性（Нежность и Жественность）。尽管诗人也写诗说"我憎恶人类"，但俄罗斯哲学家索洛维约夫说的"永恒女性温柔"（Вечная Женственность），在巴尔蒙特身上得到了最淋漓尽致的表现。

这个"永恒女性温柔"，给诗人提供了一双温柔的慧眼。让他在随处可见的"路边草丛"也窥视到女性的女性魅力以及因为魅力而带来的不幸——

你和大家一样，为了迎接幸福，

为了一睹遥远天空明丽的云霞，

你保持着少女的纯贞，女性的娇艳，

而如今，你被践踏在路边，全身盖满尘埃。

——《路边草丛》

这个"永恒女性温柔"给诗人装备了一副温柔而敏感的神经，让诗人在 1916 年访日期间，一看到日本的庙宇，就"不禁想到日本女人"，而照巴尔蒙特的看法，"日本女人体现了民族的全部温柔"。

这个"永恒女性温柔"甚至使诗人产生他这个"男人的一半是女人"的心理自我感觉——

你说我像个女人，

说我不会高谈阔论。

说我躲躲闪闪，像条蛇，

那怎么的，我不想否认。

我以男人的肉体做男人的爱；

但心像女人一般，

所以与别人议论问题，

我的话总显朦朦胧胧。

——《融合》

散文与诗

—— 读《金蔷薇》

把散文写好了，能达到诗的境界；把散文与诗的关系想透了，能把文学与人生打通。

这启示可能来自托尔斯泰。

托尔斯泰有一次怀着少有的激情问道：

"为什么诗与散文、幸福与不幸联系得如此紧密？应该怎么生活？理想中有好于现实的方面，现实中也有好于理想的方面，真正的幸福乃是将这二者结合在一起。"

帕乌斯托夫斯基接过托翁的话头发挥说：

"在这些尽管是匆促道出的话语中包含着一个正确的思想：文学中最为崇高的现象和真正的幸福，可能仅仅存在于诗与散文的有机结合之中。"

这里提供了典型的俄国式的思维方式，或典型的俄罗斯思想。

俄国没有产生康德、黑格尔式的哲学家，俄国人不善做纯粹的抽象思辨，他们把对于人生的认知当作哲学的主要内容，而且让这种对于人生的哲理思考充满文学的趣味与艺术的精神。帕乌斯托夫斯基的不可及处，是在那个思想相对禁锢的年代，能以饱含诗情的散文，把俄罗斯的传统人文精神展示于世人面前。

帕乌斯托夫斯基博古通今，可以旁征博引，但《金蔷薇》最动人的还是那些讲述他自己人生经历的篇章。我不能忘记他在谈及小说《电报》的生活素材时，写到他为梁赞省一位孤老太婆送终的场面——

> 卡杰琳娜·伊凡诺芙娜凌晨咽的气。只好由我给她合上眼睛。我小心翼翼地安下她那半闭的眼睑，一滴浑浊的泪珠意外地流了下来。应该说，这一情景，我会永世不忘。

如果没有帕乌斯托夫斯基的善良的笔触，孤苦无靠的卡杰琳娜的最后一滴眼泪就白流了。利哈乔夫院士说得对：俄罗斯的善良是闪着泪光的。

还有契诃夫的眼泪。重病缠身的契诃夫常常在夜间暗自落泪。为什么要暗自流泪？帕乌斯托夫斯基解释说：

"因为善良，因为坚强，因为高尚，契诃夫掩盖了自己的眼泪和痛苦，为的是不让亲人们的生活暗淡无光，为的是不给周围的人哪怕带来一丝不愉快的阴影。"

帕乌斯托夫斯基写《金蔷薇》也尽可能地不给同行带来哪怕一丝不愉快的阴影。只是在写到契诃夫的人道主义时，他忍不住说了这样一句："我们有些文学作品缺乏契诃夫的善良，缺乏他的人道主义……"

灵魂因战栗而归于寂静

俄国作家果戈理（1809～1852）未老先衰，刚过三十岁便病魔缠身，1845 年夏天他几乎觉得死到临头，便立下一篇遗嘱，其中最具体的一条是，嘱托好友们替他死后编本书信选集。但写完遗嘱之后，果戈理的病体出现了转机，使他有可能自己动手编书，一年之后的 1847 年 1 月，果戈理的《与友人书简选》终于问世，而《遗嘱》便成了这本《与友人书简选》的开篇。

果戈理印这本《书简选》时的自我感觉良好，这由书的序言作证："我的心告诉我们，这本书是适合时宜的，是有益于世道人心的。"但事与愿违，《与友人书简选》一出版便遭到来自各方面的批评，而首当其冲的正是放在此书卷首的《遗嘱》，而在所有批评者中最引人注目的正是大批评家别林斯基。

别林斯基发表在《现代人》杂志上的一篇书评，一半以上的内容是针对果戈理遗嘱的，而且带着嘲讽的笔调。文章一开始说，果戈理的这本《书简选》最好选用这样两句题词："无聊之无聊和种种色色的无聊"，"从伟大到可笑仅有一步之差"。接下去写道："在这本书里全部揭载出来的果戈理的遗嘱……完全是作者跟俄国的亲密的对话……这就是说，作者发话、惩办，而俄国洗耳恭听、表示照办。"别林斯基认定果戈理是在"遗嘱"里摆着导师的架势对全社会进行说教，这在别林斯基看来当然是既"无聊"又"可笑"。

面对来自各方面，特别是来自别林斯基的批评，果戈理于1849年五、六月间写了重申自己的劝善目的的《作者自白》，在6月下旬又专门给正在扎尔茨堡疗养的别林斯基发了封谋求和解的信，结果反而火上加油，引出了别林斯基写于1847年7月15日的著名的《给果戈理的一封信》。在这封信里，别林斯基对果戈理的批判言辞之峻烈达到了无以复加的地步，他轻蔑地称果戈理是"愚昧和极端反动的拥护者"，并居高临下地扔下一句判决词："这本书……不久就会被人忘掉。"

别林斯基之所以确信果戈理的《与友人书简选》"不久就会被人忘掉"，是因为这位激进的革命民主主义者确信，"俄国所需要的不是教诲，不是祈祷"，而是用行动去"废除农奴制"。然而，果戈理对此有不同的看法。他读过别林斯基的扎尔茨堡来信后写了两封回信。他面对同时代人别林斯基们的不容分辩的批判，平心静气地寄希望于未来的读者与评者。果戈理在写给别林斯基的第一封信中非常自信地表示："我想人们将会宽宏大量地谅解我的，因为这本书种下的是全面和解的胚胎而不是纷争的种子。"在另一封信中果戈理进一步不卑不亢地向别林斯基进言道："未来的世纪是个理智的世纪，它会平心静气地权衡一切，容纳一切，舍此就无法感知事物的合理中庸……在这个未来的世纪面前你我都不过是婴孩。"

应该说，在别林斯基与果戈理之间的分歧是带有原则性的，就如同后来高尔基在《底层》中写出的沙金与鲁卡之间的争论是原则性的一样。我们不妨把这种一直存在于俄国思想界的分歧视为斗争哲学与妥协哲学之间的分歧。所以当斗争哲学在俄国的社会意识形态中占有统治地位的时候，就正如别林斯基预言的那样，果戈理的包括《遗嘱》在内的《与友人书简选》被扣上了"反动的"帽子之后打入了冷宫、"被人忘掉"。按照俄国人的教学大纲学过19世纪俄国文学史的人都知道别林斯基的《给果戈理的一封信》，但究竟又有多少人读过被这"一封信"批得体无完肤的包括"遗嘱"在内的《与友人书简选》呢？这样的情况一直延续到了20世纪80年代。从80年代中期起，当 компромисс（妥协）这个俄文词越来越具褒义，妥协的思想几乎成了所谓"新思维"的组成部分的时候，对果戈理的这部绝命作的重新评价便是不可避免的了。俄国的学者们开始把它看成是一部可以和卢梭的《忏悔录》相提并论的十分真诚、充满良知的书。而俄国著名文学史家巴拉巴什还在一篇专门评论果戈理《遗嘱》的论文中，赞扬"果戈理在普希金之后，否定了无意义的和残酷的揭帜造反的不祥之兆"。在这样的议论中我们已经可以捉摸到时代命运的变迁。

果戈理将"遗嘱"放在《与友人书简选》的卷前不是偶然的，读懂"遗嘱"无疑有助于整体把握《与友人书简选》。别林斯基极为腻味的果戈理的"教诲"存在于"遗嘱"每一个条文里，而最重要的"教诲"可能就是"遗嘱"第三条的这段话——"应该严格地审视自己，需要思索的不是别人的黑暗，不是天下的黑暗，而是自己心中的黑暗。"这样要求人们勤于扪心自审而不迁咎于人的"教诲"，在《与友人书简选》中一再重复。

当然，对《与友人书简选》的再评论远不是迟至 20 世纪 80 年代才开始的。1909 年托尔斯泰重读《与友人书简选》时多有好评，对"遗嘱"第二条关于死后不立纪念碑的临终嘱咐，托翁更是衷心认同。就是在与果戈理同时代的革命民主主义者中，也不是都像别林斯基那样把《与友人书简选》一笔抹杀的。车尔尼雪夫斯基读了果戈理的《作者自白》后，承认果戈理的劝善动机的真诚，承认果戈理有权说："我是人世间的一个大好人！"就是我们今天读了果戈理的这份"遗嘱"也会相信，面对死神写遗嘱时的果戈理，完全有可能进入如他在"遗嘱"中所说的"灵魂因为战栗而归于寂静"的境界。

良心问题

昨天（1996年1月21日）看鞍山话剧团来京演出的《鼓王》。鼓王有句台词很精彩："那祖上的良心怎么就没传下来呢?"久违了，良心问题！

1918年3月17日，高尔基在一篇文章里就提出过这个"良心问题"。他长叹一声说："在我们这个噩梦一般的日子里，良心没有了。"

两天之后，有个叫纳杰日金的人出来质问高尔基说："请问在农奴制时代的俄罗斯有过良心吗?"

又是两天之后，也就是1918年3月21日，高尔基对纳杰日金的质问做出庄严回答：

"是的，在那个可诅咒的时代，在人压迫人的权力扩张开来的同时，良心的光焰也曾照亮过俄罗斯生活的黑暗。纳杰日金大概也记得拉季舍夫和普希金的名字，赫尔岑和车尔尼雪夫斯基、别林斯基、涅克拉索夫等一大群卓越的俄罗斯人的名字，这些人物创造了独树一帜的俄罗斯文学。这个文学之所以独树一帜是因为它是完全地诉诸良心问题、诉诸社会公正的文学，而且正是这个文学激扬了我们民主知识界的革命热忱，俄罗斯工人阶级社会理想的形成也要归功于这个文学的影响。"①

从普希金强劲地开始的俄罗斯文学诉诸"良心问题"，从而强化了俄罗斯文学的道德精神。

陀思妥耶夫斯基1880年6月8日在普希金纪念碑揭幕典礼上的著名演说，从普希金的道德精神说到俄罗斯人应该具有的道德精神。他的演说中有一句掷地有声的话语："要成为真正的俄罗斯人，成为完全的俄罗斯人也许意味着（归根到底，请注意这一点）只有成为所有人的兄弟，如果你愿意的话，也就是属于全人类的人。"②

19世纪俄罗斯文学已经获得的全人类价值，正是因为它确如高尔基所说，具有"完全地诉诸良心问题"的无与伦比的道德精神。

在陀思妥耶夫斯基的普希金纪念演说一个世纪之后，当俄罗斯文学的道德精神出现危机的时候，利哈乔夫院士做了题为《良心的警钟》的长篇谈话。他说，"文学乃是社会的良心，社会的灵魂"，"良心的警钟帮助人们不要破坏道德规范，保持一个道德健全的人的尊严"。③ "完全诉诸良心问题"的19世纪俄罗斯文学，响彻着"良心的警钟"。

①　高尔基：《不合时宜的思想》，莫斯科. 苏联作家出版社，1990年，第187页。
②　冯春：《普希金评论集》，上海. 上海译文出版社，1993年，第445页。
③　利哈乔夫：《札记和观察》，苏联作家出版社，1989年，第582页。

悔　悟

俄国 19 世纪的两大诗人普希金和莱蒙托夫，都死于决斗。在决斗中打死普希金和莱蒙托夫的是丹丁斯和马尔丁诺夫。

马尔丁诺夫后来悔悟了。临终前他留下遗嘱不要为自己的坟墓立碑。

丹丁斯一直没有悔悟。他坚持说："除了接受决斗，别无选择"。

人们可以多少原谅悔悟了的马尔丁诺夫，但不能原谅置诗人于死地而后快的丹丁斯。

19 世纪的俄国大作家重视道德感化，用心灵的眼睛注视着悔悟迸发出的道德火花。

托尔斯泰崇拜写《忏悔录》的卢梭。十五岁的时候，脖子上挂着卢梭纪念像。差不多十五岁的时候，当他第一次从老祖母的房里"忏悔"了自己的"罪过"出来，便"感到十分幸福…成为了一个新人"（《童年·少年·青年》）。托尔斯泰后来也写《忏悔录》。

《复活》也写了聂赫留道夫的"复活"。他知道自己在玛斯洛娃面前有罪过，他悔悟了，跟着玛斯洛娃颠簸在漫漫流放路上。不管玛斯洛娃是否接受他的悔悟，悔悟了的聂赫留道夫终归是"复活"了的，因为"对于聂赫留道夫来说，从这个夜晚起，一个全新的生活开始了……"小说就是这样结尾的。

还有《罪与罚》。陀思妥耶夫斯基的这部小说，既写了"罪"也写了"罚"，还写了"悔悟"。

拉斯科尔尼科夫试图用血腥手段（杀死放债的老太婆）实现自己的个人主义理想，这是"罪"。结果呢？拉斯科尔尼科夫陷入了道德孤立和理想破灭，这是"罚"。

万幸，拉斯科尔尼科夫遇到了至善至美的索尼娅。索尼娅让他去悔悟——"马上去，此刻就去，站在十字街头，吻你所玷污的大地，然后俯伏在全世界人的面前，向所有的人大声说，'我是凶手'，那么上帝又会赐你生命了。"

靠了爱情，靠了悔悟，拉斯科尔尼科夫也"复活"了。

文学的趣味

俄国有个新派学者叫洛特曼，对符号学很有研究，但读他的著作并不觉得乏味。

他的一篇论述戏剧符号学的长文是这样开头的："《罗密欧与朱丽叶》第一场里有两个仆人的对白：'你向我们咬你的大拇指吗？'——'我是咬我的大拇指。'区别何在？区别是在于，前一句所指的动作带有某种含义（在这里是侮辱的含义），而后一句所指的动作没有什么含义。"

洛特曼写得很聪明。他举一个一说就懂的例子，先把那高深莫测的论题趣味化了，把一般读者的阅读兴趣调动了起来。

任何一门学问若要吸引普通百姓，都得来点趣味性才是。所以有了《趣味数学》《趣味物理》……一类的普及读物。

文学艺术不比数学、物理，它本身就饶有趣味。但不知怎么的，文艺学著作大都是思辨的语言压倒形象的语言，读这类著作不比读哲学论文轻松多少。

斯坦尼斯拉夫斯基体系有两部奠基著作——《我的艺术生活》和《演员自我修养》。但前者拥有的读者远远超过了后者。什么原因？很简单，《我的艺术生活》写得情趣盎然，是一部难得的"趣味戏剧学"。

想起耶稣

　　19 世纪俄国作家富于宗教感情。不仅陀思妥耶夫斯基、列夫·托尔斯泰宗教意识强烈，就是像车尔尼雪夫斯基那样的革命民主主义者，也一辈子没有割断宗教情结。

　　当然，这里可能有家庭渊源，车尔尼雪夫斯基的父亲是神父。但这只是一个方面，更重要的是，俄罗斯文明社会的宗教观念贯通着俄罗斯文化的人道主义精神。

　　车尔尼雪夫斯基在 1848 年的一篇日记里写道："我们是否应该期待新的宗教？想到这个，我的心灵就要震颤，——我希望维持原状……要是和热爱人类的耶稣分手，该是多么遗憾。"

　　宗教可以与迷信联手，也可以与它脱钩。在车尔尼雪夫斯基心里，宗教与迷信无涉。他把宗教道德理想化了，他把宗教信仰转化为对于人间天堂的向往。

　　俄国诗人涅克拉索夫太理解车尔尼雪夫斯基了，他献给这位唯物主义哲学家、现实主义作家的一首诗里有这样两句——

　　　　愤怒和悲伤之神差遣他来，
　　　　提醒世上的奴灵想起耶稣。

献给我的母亲

除了 1941 年至 1945 年的反法西斯战争，俄罗斯还经历过一场"卫国战争"——1812 年抗击拿破仑入侵的战争。19 世纪的俄国作家，如普希金，如列夫·托尔斯泰，都写过这场战争。但写法不大一样。

普希金在《叶夫盖尼·奥涅金》里用铿锵的诗句概括了战争的结局：梦想最后胜利的拿破仑，/徒劳地期望莫斯科屈膝，/献出克里姆林宫那把/古色古香的钥匙；/不，我的莫斯科不肯朝他/低下屈服的头颅/它没有献礼，没有恭贺，/它为这位骄躁的独夫，/准备了一场熊熊大火。

列夫·托尔斯泰在《战争与和平》里也写到那场把拿破仑军队驱进失败深渊的莫斯科的熊熊大火。但他也写了奥斯特里齐的宁静天空，安德烈公爵负伤之后，躺在战地，仰望天空，突然顿悟："我怎么先前没有见到这个崇高的天空呢？"于是他对生命有了新的感悟，对战争也有了新的认识。在波尔金诺战役之前，安德烈公爵把对于战争的新的认识说给了彼耶尔听："战争的目的是杀人……所有的皇帝，除了中国皇帝，都穿军服。"这个认识大概也反映着托尔斯泰本人的看法。托翁本人大概也会知道，不穿军服的中国皇帝照样也会杀人。而在这之前，托尔斯泰已经在小说里写下了这样一句作者插话："于是，战争开始了，即是发生了违反人类理智和人类本性的事件。"

因此，托尔斯泰特别关注因为天性善良因而在战争的炼狱中反而人性焕发的好人，如彼耶尔。娜塔莎最后当着玛丽公爵小姐的面夸耀她的意中人说："他不知怎么变得非常清洁、光亮和新鲜了，好像刚刚从俄罗斯浴室里出来。你明白吗？从一间道德的浴室里出来。"

托尔斯泰的《战争与和平》可以代表俄罗斯战争文学的一个传统——描写战争的同时对战争进行道德审判，让庄严与抒情交相辉映，让爱国主义和人道主义息息相通。

20世纪俄罗斯的反法西斯战争文艺，也是从这个富有人情味的传统里生发出来的。包括我们都熟悉的苏联卫国战争歌曲。这些爱国主义的"战歌"人性和抒情到什么程度？即便是在"化剑为耕犁"的和平时期，"人约黄昏后"的恋爱辰光，情哥情妹也能偎依着哼唱"我要沿着那细长的小路，跟着我的爱人上战场"，"夜莺呵夜莺，你不要唱，让战士们再睡一会儿吧"。

认识这一点，我也有个过程。

1955年我进北京俄语学院念书，领到一本俄汉对照的《俄苏诗选》，其中有西蒙诺夫的《等着我吧》——

> 等着我吧
> 我会回来的
> 但是要真正地等着……

从语言的角度，它明白如话，非常好懂，但还是奇怪，为什么这么一首几乎没有硝烟味的抒情诗，竟然是苏联二战诗歌的经典之作。后来学了19世纪文学，懂得了俄罗斯文学的人道主义传统，也就懂得了这一切。

卫国战争中有两类可歌可泣的人群。一类是在前方浴血战斗的男人，一类是在后方"真正等待"在前方浴血战斗的男人的女人。西蒙诺夫的《等着我吧》歌颂的就是这样"善于等待"的俄罗斯妇女。

我读罗辛的《军用列车》，不免要想到西蒙诺夫的《等着我吧》。特别是读到战胜了自我封闭之后的卡佳对她的儿子这样说："……是因为我很爱他，爱你的爸爸……有一天你也会懂得，爱情是怎么回事……爱情中最最可怕的，是分离和渺无音讯，不过，不要紧，不要紧，我们要等待着，我们要活着……"

"要等待着，要活着"——这就是《军用列车》的乐观主义基调。那还不是一般的"等待"，而是要"真正的、苦苦地等待"；那还不是一般的"活着"，而是要像一个人那样自豪地、和谐地活着。这就是战士的妻子们的功勋，这就是《军用列车》的人道主义闪光。

正义的神圣战争是要讴歌的，但对"战争"照样要做道德的审判。罗辛让伊娃在那个哑巴旁边说了一句带有哲理的对于战争的判词——"在自然界进行自然选择的时候，死去的是孱弱的；而在人类社会，当战争一爆发，死去的却是最健壮的。"

但剧本里更多的是对于人性的赞美。我们面对的就是一群在残酷的战争年代保持了人性的光华，在道德的搏斗中打了胜仗的女人。所以罗辛让伊娃给哑巴洗澡，所以罗辛让桑尼娅做最甜蜜的初恋的回忆，所以罗辛让"军用列车"里的领头人加林娜说，"所有的孩子就像我自己的孩子一样，我们所有的人就像自己的姐妹"，所以罗辛希望排演此剧的剧院要尽可能多地把孩子安排在舞台上……

让孩子出现在《军用列车》的舞台上，绝不仅仅是为了活跃舞台气氛，而是为了表达一个非常动人的生活哲理。请看这一段对白——

　拉弗拉　　主啊，人能够忍受多少苦难！……

　费奥多尔　　人能够忍受许多，非常多。

　　加林娜　　尤其是当他知道为什么而忍受的时候……好像，是在托尔斯泰的哪本书里说的：假如在艰苦的旅途中想忘却自己——那就带上孩子……

　　费奥多尔　　（对加林娜）噢，说得多么正确！带上孩子！为了想着他，而不是想着自己……儿童——这是未来？就是说，你们是在拯救未来，啊？

读这几段台词，我有特别的感受。我是 1937 年生人，我出生的那年，母亲带着襁褓里的我坐船逃难。但同船的有些大人并没有把我看成"未来"，他们把不时啼哭的我看成是累赘。有一个夜晚船要经过一座日本兵看守的大桥。几个大人放出话来，如果船开到桥下我竟然啼哭，那就把我掐死在襁褓里。"道明没有哭，道明真乖"，母亲后来给我讲了那次历险。我知道不是"道明真乖!"而是因为"母亲真爱"。现在也明白了，罗辛在创作

《军用列车》时为什么要说，"战争的最大目的，也许就是要把人置身在这样一种生存环境中，在那种生存环境里，人身上的卑下要战胜崇高，恐惧、绝望、冷漠要压倒善良、理想和同情"。而母亲身上的崇高、善良、理想和同情，即便是战争也扼杀不了的，所以罗辛要写这些"最最普通的柔弱的妇女"，这些"当时看来是活不了，挺不住，却又终于活下来并挺住了的人们"。我终于明白，为什么罗辛要在这个剧本的扉页上写上一行很容易被读者忽略但也是最不应该忽略的字——"献给我的母亲"。

中外文化随想

静夜思

一位俄国学者认为普希金创作的一个重要主题是"回忆"。李白诗作也有这个"回忆"的主题吧？

"床前明月光，疑是地上霜；举头望明月，低头思故乡。"李白借着月光回忆故乡的种种。

月光的确容易成为"思故乡"的触媒。

跨世纪的俄国作家蒲宁（1870—1953）的跨世纪的小说《深夜》（1899）里，那个流落巴黎的"我"，就是因为在床前见到了月光，而"不免触景生情，心重又回到童年时代的俄罗斯……"

《深夜》里的"我"见月亮思故乡之后还生出了惆怅。这种连锁的情感反应，也古今中外相通。元好问有诗云："青山万古一明月，只与行人生暮愁。"

年轻的时候，住在莫斯科大学的高楼里，也常因为见到月光而思念故乡。特别是在他人都已跳舞去，此地空余宿舍楼的假日之夜，在华尔兹舞的撩人的乐曲声中，对着月亮想家，能想得落泪。

现在夜里醒来，偶尔也能见到月光。但这时的"静夜思"已经与"思故乡"没有太大关系。想得最多的，还是文字上的事。如果文思并不枯涩，便暗中打起腹稿，早晨起来再把夜里想到的写到纸上，这样就成了文章。收在这本书里的不少文章，就是这么夜里醒来，躺在床上想出来的。

蒙难实录

1850 年，赫尔岑写了篇题为"论俄国思想发展"的长文，抨击沙俄当局的专横与残暴，常常联系着最现实的俄国文学问题——

假如有人斗胆将自己的脑袋升过帝王权杖容许的尺度，可怕而可悲的命运就会落到他的头上……我们的文学史，是流放犯的名册，是蒙难者的实录。

赫尔岑可以开列一份俄国作家兼蒙难者的大名单：从死在沙皇绞架上的十二月党人、诗人雷列耶夫（1795—1826），到死于暴徒乱棍下的作家格里鲍耶陀夫（1794—1829），到殒命于残酷决斗中的诗人普希金（1799—1837）、莱蒙托夫（1814—1841），到在贫病交迫中亡故的文学评论家别林斯基（1811—1848）……这些在 1850 年之前死去的 19 世纪俄国的著名蒙难者，这些彪炳 19 世纪俄国文学史册的诗人、作家、评论家，竟没有一人活过了四十岁！

我猜测，也许陀思妥耶夫斯基有感于此，才在《地下室手记》中忍不住感叹说："我现在四十岁……一个人过了四十，再活下去就不合适了、鄙俗了、不道德了！有谁活得比四十岁更长的！"

然而，正是这些没有活过四十岁的蒙难者文人，创造了 19 世纪俄国文学的第一个高峰；正是在这个残酷到"脑袋升过帝王权杖容许的尺度"就有脑袋搬家之虞的俄国 19 世纪，奇迹般出现了姗姗来迟的俄国的文艺复兴。

文化在苦厄中生成的奇迹，中国人容易理解。《元典章》里有严惩"妄撰词曲、犯上恶言"的刑法条文，但中国戏剧文学的高峰偏偏出现在这个残酷的元朝。

更早，司马迁在《报任安书》里归纳了伴着苦难血泪的中国文化的光荣："盖文王拘，而演《周易》；仲尼厄，而作《春秋》；屈原放逐，乃赋《离骚》……《诗》三百篇，大抵贤圣发愤之所为作也。"

赫尔岑也在那篇长文中分析了俄国文学何以能在黑暗中闪光的原因："对于一个失去社会自由的民族，文学就是一个唯一可以让人听到自己的愤怒与良知的呼喊的讲坛。"

19 世纪初叶的俄国，最能响彻"愤怒与良知的呼喊"的诗坛，群星璀璨。有了十二月党人的流放西伯利亚，就有了普希金的名诗《在西伯利亚矿坑的底层》——

> 爱情和友谊一定会穿过
> 阴暗的牢门找到你们，
> 就像我的自由的声音，
> 来到流放你们的洞穴。

有了诗人普希金的喋血决斗场，就有了莱蒙托夫的名诗《诗人之死》——

> 你们，蜂拥在皇座两侧的人，
> 扼杀自由、天才、荣耀的刽子手，
> ……
> 你们即使倾尽全身的污血，
> 也洗不尽诗人正义的血痕！

"愤怒与良知的呼喊"，我们倾听到了。还有什么？还有蒙难者之间相濡以沫的情怀，还有流放犯对自由的渴求。

陀思妥耶夫斯基的《死屋手记》就是实实在在的"蒙难者实录"了吧。当小说里的那个"我"，走出窒息人的堡垒来到伊尔迪什河边搬运砖头，顿时觉得神清气爽，"因为只有从这河岸上可以看见上帝的世界，清洁的、明朗的远景，自由的沙原……在这河岸上可以浑忘一切；你看望这无垠的、空虚的、广阔的天地，好像流放犯从狱窗内看望自由的世界一般……你看到一只鸟在蔚蓝的、透明的空气里，你许久地、固执地注望着她的飞翔。"

假如陀思妥耶夫斯基没有经历过在断头台上候决的死里逃生，没有经历西伯利亚的九年苦役生涯，他如何能让读者在感觉到小鸟轻盈飞翔的同时，也感受到自由的像金子一样的沉重？！

知识分子

俄罗斯民族向文明人类贡献了一个了不起的单词——интеллигенция，即"知识分子"。

关于俄罗斯知识分子的发轫，哲学家别尔嘉耶夫（1874—1948）的名著《俄罗斯思想》中有个说法：

"俄罗斯知识分子的始祖是拉季舍夫……当他在《从彼得堡到莫斯科旅行记》中说'看看我的周围——我的灵魂由于人类的苦难而受伤'时，俄罗斯的知识分子便诞生了。"

俄罗斯的第一个真正的作家拉季舍夫（1749—1802）同时也是第一个真正的俄国知识分子，因为写了一本抨击俄国农奴制的《从彼得堡到莫斯科旅行记》（1790）险些被杀了头，后来改判流放，再后来服毒自尽。诗人普希金说："我之所以能为人民亲近，是因为我跟在拉季舍夫之后歌唱了自由与怜悯。"

中国知识分子悲天悯人的思想也曾在黑暗中闪光。当屈原在《离骚》中说"长太息以掩涕兮，哀民生之多艰"时，中国一个伟大的知识分子便诞生了。

从彼得堡到莫斯科的旅行中，拉季舍夫目睹劳动者的深重苦难，于是对自己催着马车夫赶路的行为感到了惭愧："我陷入沉思之中，目光随之移向仆人身上。他正在驭座上左右摇晃。突然间我感到一阵寒战，在我周身运转的血液驱使这热气上扬，使我顿时面孔通红。我愧疚难当，几乎要哭。"

民国六年一个冬天，鲁迅先生也有过一件因催促车夫赶路而心生愧疚的"小事"："独有这一件小事，却总是浮在我眼前，有时反更分明，教我惭愧，催我自新，并且增长我的勇气和希望。"（《一件小事》）

热爱人民的怀有恻隐之心的知识分子，承认良心或良知的至高无上，因此懂得自省与悔悟。当孔夫子的学生曾子说"吾日三省吾身"时，中国一个伟大的知识分子群体便诞生了。

智慧的痛苦

19 世纪俄国的戏剧评论很繁荣。写剧评的不单是评论家，作家也写。格里鲍耶陀夫的名剧《智慧的痛苦》的最精彩的剧评，就是小说家冈察洛夫写的那篇《万般苦恼》（1871）。

《万般苦恼》发表于《智慧的痛苦》问世之后四十八年。半个世纪的时间考验，使得冈察洛夫可以在文章里预言剧本的不朽，而行文又是那样的别致——

这个剧本像个百岁老人，在他周围的一切都在相继死亡与衰败，而他健步走在老者的坟墓与新人的摇篮之间，青春焕发，谁也不会想到他也会有死去的一天。

为什么《智慧的痛苦》会不朽？因为它的戏剧主人公怯茨基将永存——"怯茨基在每一个时代转型时期都必然出现"。为什么怯茨基将永存？因为怯茨基式的"智慧的痛苦"将永恒。怯茨基的"痛苦"来自他的高出众人一头的"智慧"，庸人世界容不得在精神力量上高出他们一大截的"怯茨基"们。因此，"智慧的痛苦"是超越时间与空间的人生困顿。

莎士比亚笔下的哈姆莱特的痛苦难道不也是"智慧的痛苦"？世界戏剧史上少有像哈姆莱特那样于思考中显示智慧的戏剧人

物。他的最著名的台词——"存在还是毁灭,这是一个需要思考的问题……"便突出了这位丹麦王子的耽于思考的天性。思考给人带来认知的欢愉,但"智慧的痛苦"也随之而来——

这是一个颠倒混乱的时代,唉,倒霉的我却要负起重整乾坤的责任!(《哈姆莱特》第一幕第五场)

太史公司马迁的《屈原列传》把屈原的"痛苦"描写得十分形象——

屈原至于江滨,披发行吟泽畔,颜色憔悴,形容枯槁。

后世画家根据司马迁的这段文字,创作了数不胜数的"屈原行吟图"。但司马迁《屈原列传》最露思想光辉的是紧接下来的屈原与渔父的一问一答——

渔父见而问之曰:"子非三闾大夫欤?何故而至此?"屈原曰:"举世混浊而我独清,众人皆醉而我独醒,是以见放。"

屈原的"痛苦"也来源于"众醉独醒"的"智慧"。

一百年前

　　除了托尔斯泰等少数例外，19世纪俄国作家一说到中国，不是言不及义便是出言不逊。对于中国的欧洲偏见蒙蔽了他们的眼睛，更何况这些欧洲中心论者大都扎根涅瓦河畔，远离中国本土十万八千里。我们更感兴趣的，是一百年前走近和走进中国的俄国作家会对我们说些什么。

　　真正到过中国并写过长篇游记的19世纪俄国作家是冈察洛夫。这位以小说《奥勃洛莫夫》享誉文坛的俄国人于1852年至1854年随巴拉达号三桅巡洋舰做环球航行，到过上海也到过刚刚割让给英国的香港。关于上海，冈察洛夫在1853年12月下旬的一封书信中记下了这样一段街市即景："天一亮，街头便开始搬运货物，都是运给租界里的英国人和美国人的。茶叶是用匣子装的，搬运中这些小叶子撒落了一路，要是在我们国家，出来沿路拾遗的将不仅仅是穷苦人——我们那儿不也常有在苦力搬运货物中一路上撒落面粉的情形么。中国人的房子、集市、店铺、喧哗的市井、小酒店——所有这一切，您知道让我想到了什么？想到了我们普普通通的俄国生活！"

　　1858年，冈察洛夫把他在旅途中写的有关书信汇编成《巴拉达号舰游记》出版。游记毕竟出自一位大作家之手，书中不乏寥寥数语活现人物的片段。如香港之旅中月下夜渡的记述：

......在迷人的夜色中，我回到了码头，遇到也在那儿等舢板的普君。码头上正停靠着一条中国小船，在月光中，我们瞧见船上有两个女人的身影。我说："干吗等舢板，这儿就有渡船，坐上去。"我们坐上了船。两个妇女一齐抓住固定在船尾的单橹，急速地摇动着。月光正好照在她俩脸上：一个是老妇人，另一个是妙龄少女。少女皮肤白皙，长着一双黑黑的、尽管细长但非常美丽的眼睛，头发用发夹盘在头顶。"请把我们送到俄国军舰上去！"——我们说。"Two Shillings！"（"两先令！"）——少女报了价。"这样的漂亮姑娘值一百英镑！"——我的同伴说。"贵了。"——我说。"两先令！"——姑娘单调地重复着。"你不是本地人吧？你面孔白，你是哪来的？你叫什么名字？"——我的同伴一边盘问，一边尽量把身子移近姑娘。"我从澳门来的，我叫艾托拉。"——她用英语回答，像中国人通常说英语那样，省略了几个音节。沉默了一会，她又补充道："两先令。"我的同伴继续说道："多么漂亮的姑娘！把你的手伸过来，你几岁了？你更喜欢什么人：我们，还是英国人，还是中国人？""两先令。"——她重复道。我们的船到了巡洋舰旁。我的同伴拉住了姑娘的手，而我已经登上了甲板。"艾托拉，你给我说点什么好吗？"——他握住姑娘的手说。姑娘不语。"你说句话呢……""两先令。"——她重复道。我笑着，他叹息着付了钞，然后回到了各自的船舱。

游记问世后，评论家杜勃洛留波夫写过书评，肯定了游记的"诗情与幽默"。从上引的这段描写中我们也能捕捉到冈察洛夫的幽默。而这幽默是友善与宽容的，无论是对单纯到近乎木讷的华人姑娘，还是对浪漫到近乎轻浮的俄国汉子。

　　冈察洛夫作为文学家是才气十足的，而当他以政论家的面目出现时，便露出了平庸。香港游记最后谈到香港的前途，这位俄国作家预言说："这个小岛大概将是中国人眼里的一根永远拔不掉的芒刺。"冈察洛夫1853年6月8日在南中国海上写下这句话时，尽管对被侵略的中国不无同情，但他还是低估了中国人民百年生聚、百年奋斗的伟力，因此他无法预知：中国人民洗掉耻辱的"芒刺"的百年梦想终究要实现。

人民解放与灵魂自救

　　没有一种外国文学能像 19 世纪俄国文学那样深远地影响过 20 世纪的中国文学。

　　19 世纪俄国文学对于我们的意义，鲁迅在 1932 年做过两次广为人知的概括。

　　一次写在《〈竖琴〉前记》中：

　　　　俄国文学，从尼古拉斯二世时候以来，就是"为人生"的，无论它的主意是在探索，或在解决，或者坠入神秘，沦于颓唐，而其主流还是一个：为人生。

　　《前记》写于 1932 年 9 月 9 日，三个月后，先生又在《祝中俄文字之交》里写道：

　　"那时就知道了俄国文学是我们的导师和朋友。因为从那里面，看见了被压迫者的善良的灵魂、酸辛、挣扎；还和四十年代的作品一同烧起希望，和六十年代的作品一同感到悲哀。我们岂不知道那时的大俄罗斯帝国也正在侵略中国，然而从文学里明白了一件大事，世界上有两种人：压迫者和被压迫者！"

　　半个世纪过去之后出现的中国作家新生代，不管西风东渐的时潮多么汹涌，对 19 世纪俄国文学依旧怀有热情。青年作家王彪在《面向灵魂的说话声》这篇文章里，把 19 世纪俄国文学对于我们的意义，做了另外一种评述：

"上大学时我读到陀思妥耶夫斯基的《罪与罚》，我简直被吓坏了，伤痛重新笼罩了我，那段时间我虚弱得像个病人。尔后我一直不敢去碰陀氏的作品，过了十余年，我才恢复勇气。我敢说我现在真正读懂了陀氏，这个病贫交迫的人忧伤的目光，既是人间又非人间的，爱与恨，罪与悲痛，他的所有声音都是人的挣扎，一边是茫茫黑暗，一边则通向光明。

"陀思妥耶夫斯基和老托尔斯泰，也不过用尽心力就对付这么一两个问题。没有人会怀疑他们的能力，如果可能，他们可以解答成千上万的疑难，但他们宁愿做唯一抉择：即罪与拯救。……事实上，有一个人已经这样做了。1910 年 10 月 28 日冬夜，八十三岁的列夫·托尔斯泰弃家出走，……几天之后，他孤零零地死在一个名叫阿斯塔波沃的小车站……他用生命及最后的决绝做了有关'人'的伟大注释。……可以记住这个日子 1910 年 10 月 28 日。"

最早读懂托尔斯泰和陀思妥耶夫斯基的中国人还是鲁迅。他在 1908 年说过："托尔斯泰也……伟哉其自忏之书，心声之洋溢者也。"他在 1926 年就指出陀思妥耶夫斯基在他的最高意义的现实主义创作的实验室里，"所处理的乃是全灵魂"。不过鲁迅知道 20 世纪二三十年代中国文人的当务之急还不是拯救个人的灵魂。

生活在不同时代的中国作家理应对 19 世纪俄国文学有不同的整体把握。

阎王活着，豺狼当道，以人民解放为社会责任的鲁迅们，从

19世纪俄国文学中，首先看到了压迫与反抗。

　　上帝死了，人欲横流，以灵魂自救为精神追求的王彪们，从19世纪俄国文学中，首先发现了罪孽与拯救。

心的眷恋

1928 年 3 月，普希金在波兰女钢琴家希玛诺芙斯卡娅（1789—1831）的纪念册上写下这样的题词："人生诸般享受，胜过音乐的唯有爱情，可爱情本身就是一曲和谐的歌。"

普希金是个"爱情"诗人，但他理解中的"爱情"，其内涵肯定要比我们想象中的要丰富得多。

女诗人茨维塔耶娃（1892—1941）在她那本写得凄婉动人的《我的普希金》里，写到普希金给予她的关于"爱情"的启发——

普希金用爱情感染了我，一句话——爱情……女佣从别人家窗台上顺手牵羊地抱来一只棕色的小猫。小猫坐下来打瞌睡，然后在我们家厅堂的棕榈树下整整过了三天，然后走了，再也没回来——这就是爱情。伊凡诺夫娜说，她要离开我们到里加去，以后不再回来——这就是爱情。一个鼓手上战场了，从此一去不复返——这就是爱情……

爱情不一定是肌肤之亲，爱情是心的眷恋。当一个曾经与你相亲相近过的人可能"一去不复返了"，这"心的眷恋"会燃烧成什么样的"爱情"之火？！

所以茨维塔耶娃礼赞孕育着爱情之火的"别离"。

茨维塔耶娃六岁读普希金的《致大海》——

再见了，自由的元素！

这是你最后一次在我眼前，

滚动你的蓝色的波浪，

闪耀你的迷人的骄傲。

从此，茨维塔耶娃把"别离"看得甚至比"相会"更有诗意。

这有什么奇怪?! 若是让我从全剧共五本二十一折的《西厢记》里选出一折来特别加以欣赏，我一定会选写张生和莺莺"十里长亭别"的第四本第三折。

碧云天，黄花地，西风紧，北雁南飞。晓来谁染霜林醉? 总是离人泪。

恨相见得迟，怨归去得疾。柳丝长玉骢难系，恨不倩疏林挂住斜晖……

王实甫把天下最美的词儿汇拢来渲染相爱着的"离人泪"了。

其言也善

古人说："人之将死，其言也善。"这"善"字的涵盖面很广。一个目不识丁的农夫在森林里干苦活，被一棵倒下的大树砸成重伤、命在旦夕，便呼吸迫促地留下最后的嘱托："我的钱……请交给妻子……扣掉……我欠谁的钱……"俄国作家屠格涅夫把这个农夫的死写进了他的《猎人笔记》，标题就叫"死"。

一个穷困的农夫在临死时想到要把欠别人的钱还清，以便清清白白地走进另一个世界，这是最最朴素的"其言也善"了吧。

擅长哲理思考的文化人，到了告别人生的时候，更是会把哲理思考聚焦在生死二字上，结果又在精神上达到了超越生死的境界。但表达的方法倒有差异。

有的说得像个谜。如瞿秋白的《狱中题照》——

如果人有灵魂的话，何必要这个躯壳？但是，如果没有的话，这个躯壳又有什么用处？

有的说得像格言。普列汉诺夫1818年3月在病榻上与妻子讨论死亡的含义，说："什么叫死亡？死亡就是和大自然融为一体。"妻子记住了丈夫这句遗言。后来在普列汉诺夫的墓碑上果然镌刻着一行字："他和大自然融为一体。"

有的说得像首诗。李叔同（弘一法师）1942 年 11 月圆寂之前给挚友夏丏尊写有两首四言偈语：

> 君子之交，其淡如水。
> 执象而求，咫尺千里。

> 问余何适，廓而忘言。
> 华枝春满，天心月圆。

李叔同把死亡看得像"华枝春满，天心月圆"一样的恬静美丽，他也把死亡与大自然融为一体了。

白骨·白雪·白花

  契诃夫有篇小说叫《神经错乱》，写一个大学生随两个朋友逛妓院，目睹了人间地狱的黑暗。当他冲出那个人欲横流的所在，只见"细雪成团旋转……马车夫、马、行人全变白了"。契诃夫后来承认，这雪就是他情感的寄托，他希望一场大雪"把整个世界覆盖"。

  吴祖光的话剧《风雪夜归人》，也借茫茫大雪，寄愤激之怀，戏的煞尾处响起剧作者的呼号："人间罪恶多么需要这无边的风雪来洗刷啊！"

  中国青年艺术剧院上演的《死罪》里，也有雪的妙用。

  戏开始时，我们看到在一条呈"?"形的平台上，几乎堆满了骷髅和尸骨。这自然是日寇暴行和战争灾祸的物证。

  但正当观众心里出现透不过气来的窒息感时，舞台暗转，雪花的白点在黑暗中飞舞，等到舞台复明，一堆堆尸骨已经被覆盖在白雪底下。戏的结尾又是一场"及时雪"，在陈尸旷野的男女主人公身上盖上了一层洁白的雪锦。而原先覆盖枯骨的雪堆上，此时绽开了几朵白花。

  雪的运用，除了外现创作者的主观情绪色彩外，这里分明也遵循着美的原则。多么无辜的尸骸，在形态上毕竟也是目不忍睹的，它需要一层美的覆盖物。窦娥在临刑前有段唱词："若果有一腔怨气喷如火，定要感得六出冰花滚似绵，免着我尸骸现。"
《窦娥冤》里的白雪也是悲和美的结晶体。

但在《死罪》里，白雪还是由白骨通向白花的中介。也就是说，白骨——白雪——白花是一个和戏剧情节相协调的形象组合，是和演出的情节叙述相照应的画面叙述。这样的画面叙述是不太可能完全用语言传达的。不过，我们还是可以意会到，这白雪，这白花里蕴含着对人世间某种无比美好的东西（比如说人性）的歌颂、眷念或者还有悲悼。

也算诗话

英国诗人济慈临终前为自己留下一句墓志铭："这里埋着一个名字书写在水上的人。"

黎巴嫩诗人纪伯伦在一篇叫作《火写的字》的散文诗里，对济慈的说法提出质疑："难道人就这样像大海的泡沫，只能在水面上浮现瞬间……"纪伯伦建议把济慈的墓志铭改写成："此地长眠者，他的声名用火写在天空。"

纪伯伦对济慈墓志铭的理解似有偏差。据有的英国文学研究者说，济慈的把"名字写在水上"的遗言，与他逝世前不久一次航海旅行中获得的人生感悟直接有关。1820 年，病笃的诗人乘船去意大利养病，看着奔流不息的地中海波涛，想到了 17 世纪英国剧作家博蒙德的名句："你所做的一切好事，都将记录在水上。"在这里，人的附丽于水，不是"落花流水红"式的美的瞬间浮现，而是借助于"人可以死，海不会枯"的感悟，引发人之形可尽而人之神将不灭的联想。因此，水火在此处完全可以相容。名字书写在水上也罢，声名用火写在天空也罢，诗意的象征都指向诗人的永生。

欧美诗人对永生的话题极有兴趣。美国诗人惠特曼的《草叶集》里歌唱死亡与歌唱永生是一致的。所以在《神圣的死的低语》中会出现"现在我吸取永生与和平，我羡慕死……"这样的诗句。俄国诗人普希金在名诗《纪念碑》里，更是毫不含糊地预言了诗人的永生："不，我不会完全死亡。/在圣洁的诗歌中，/我的灵魂将不朽不灭，/活得比灰烬更久长。"

相比之下，我们中国诗人要含蓄得多。特别是二十世纪前，讲究闲适、冲淡、清虚的古典诗人，谈及身后事，都取低姿态。性本爱丘山的陶渊明，晚年写的《拟挽歌辞》里说"死去何所道，托体同山阿"。人死了没有什么可说的，将躯体埋进山丘就是了。这是何等达观、优雅的人生态度。而在去世前三个月完稿的《自祭文》里，陶渊明更是坦然写道："匪贵前誉，孰重后歌。"连生前的声名都不看重，哪还在意死后的褒扬。济慈的"水书"，纪伯伦的"火写"，于陶渊明都不适用。

然而，并不希冀永生的陶渊明，结果像渴望永生的普希金们一样地永生了。归根结底，诗人的永生要靠他诗作的超越时空的长存。什么样的诗作才能长存？编进了诗集里去的？不见得。不用说收进《全唐诗》里的，就是收进《唐诗三百首》里的，也不可能篇篇都不朽。

但在盈千累万的唐诗佳作中，确有不少永不磨灭的杰作。据报道，1992年，香港一家文化机构举办了一次"最欢迎唐诗选举"，结果孟郊的《游子吟》以最高票名列榜首。孟郊的知名度远不如李白、杜甫。但只要"慈母手中线，游子身上衣。临行密密缝，意恐迟迟归。谁言寸草心，报得三春晖"的诗句能在世世代代千千万万的读者嘴里传诵不衰，孟郊就是永生的了。

脍炙人口的好诗不仅能使诗人不朽，也能使诗人歌颂的对象永生。因为有了普希金的《致奶妈》，他的那位名叫阿丽娜·罗吉奥诺芙娜的奶妈也永生了。因为有了艾青的《大堰河——我的保姆》。他的那位连大名都没有的保姆也永生了。普希金和艾青是怀着何等的挚爱来发现这两位平凡妇女的不平凡的美质的。这两位诗人的心灵与笔触是多么善良。但如若没有一颗善良的心，诗人怎么可能写出不朽的诗？

高尔基说过，天才而善良的诗人是最易受伤害的。高尔基发此感叹，显然是想到了过早夭折的俄国诗人的命运。19世纪二三十年代，俄国最天才的诗人普希金、莱蒙托夫，20世纪二三十年代，俄国最天才的诗人叶赛宁、马雅可夫斯基都没有活过四十岁。前边的两位死于变相的他杀。后边的两位死于自杀。但站在这四大诗人已获得永生的今天来看问题，普希金的"我不会完全死亡"的遗言也是天才的。枪弹、绳索都不能完全地杀死诗人。真能置诗人于死地的，是今人或后人对于他的诗作的遗忘。

《赵氏孤儿》与《中国孤儿》

　　尽管伏尔泰对路易十四怀有敬意，但他对这位"太阳君主"统治下的法国社会好感不多。伏尔泰在伦敦侨居三年（1726－1729）间写的《英国书简》中，指出了法国很多不如英国的地方，比如他认为："英国人可以说他想说的话，而法国人只能说他能说的话。"18 世纪的英国人是否果真像伏尔泰所说的那样有"言论自由"，这是另外一个问题，重要的是，伏尔泰深深地感觉到了法国的缺乏言论自由。他的两次入狱，不都是因为"言论不慎"而获罪的吗？

　　由此可以想见，伏尔泰在法国的国境之外寻找戏剧表现的对象，也可能有"政治避嫌"的策略考虑。同时，研究者们也不能不去注意透过剧情的表层认识剧作者的本意。伏尔泰的名剧《穆罕默德》（1741）所传递的信息，只能说明这位法国启蒙主义者对欧洲天主教会的残忍的宗教狂热具有多么清醒的认识，尽管剧本的剧情发生在东方，发生在伊斯兰教义占统治地位的地方。

　　但伏尔泰毕竟是十分迷恋东方的。他早在悲剧《扎伊尔》（1732）中，就把一个爱情故事放到一个阿拉伯国家去展开。有不少人认为《扎伊尔》取材于莎士比亚的《奥赛罗》。俄国诗人普希金就持这种观点。他正是通过《扎伊尔》男主人公奥罗斯曼的"Je ne suis point jaloux..."（"我不嫉妒……"）这句台词反证

"奥赛罗本性不是个好嫉妒的人"。

如果把《扎伊尔》与《奥赛罗》做一对比，不难发现伏尔泰没有把与伊阿古的阴谋相关联的情节线引入《扎伊尔》。伊斯兰教徒奥罗斯曼与基督教徒扎伊尔的爱情悲剧来源于扎伊尔父兄的基督教的宗教狂热与偏见。通过爱情与宗教偏执的冲突，伏尔泰在这个悲剧中宣扬宗教宽容的题旨，是十分清楚的。伏尔泰在展开这个题旨的时候，自然也展示了东西方两种文化的对峙。

1755 年伏尔泰把纪君祥的《赵氏孤儿》改造成《中国孤儿》，同样也显示了东西方两种文化的对峙。

《赵氏孤儿》的正名为"赵氏孤儿大报仇"。"报仇"二字在这部元曲中一再重复，成了它的主题。赵盾一家三百余口被屠岸贾满门抄斩。赵盾之子赵朔身为驸马也难逃一死。赵朔在临死前给公主留下遗言："你如今腹怀有孕……若是个小厮儿呵，我就腹中与他个小名，唤做赵氏孤儿，待他长大成人，与俺父母雪冤报仇也。"程婴、公孙杵臼的"救孤托孤"，也全是为了给赵氏一家留下一个日后能为赵家报仇的火种。公孙杵臼送别程婴时说："你则放心前去，抬举得这孤儿成人长大，与他父母报仇雪恨，老夫一死，何足道哉。"而屠岸贾千方百计地要搜查赵氏孤儿，也是为了"斩草除根，萌芽不发"。剧情之所以要延长到二十年后，就是因为要让赵氏孤儿得以长大成人，完成"大报仇"的最高任务。待到已长得堂堂七尺躯的赵氏孤儿从程婴口中得知屠岸贾残害他赵氏一家的实情，他立即表示了"大报仇"的决心："他把俺一姓戮，我也还他九族屠。"《赵氏孤儿》最后就是以赵氏孤儿"报了冤仇，复了本姓"结尾的。

《中国孤儿》也有"搜孤救孤"的情节，但张惕"救孤"的动机，是不愿意"看到大宋朝的命根就此断送"；保护"大宋朝幸存的独苗"，"关系着帝国的利益"，是"为臣的义务"。也就是说，伏尔泰把张惕夫妇为舍弃自己的儿子换得皇孤生命的纠葛，放进了古典主义悲剧的理智与感情的戏剧冲突的框架之由——

　　　伊达梅　　让我献出我的儿子?!
　　　　张惕　　这正是我们的灾难。但要知道，您先是臣民，然后才是母亲。
　　　伊达梅　　什么! 人性在你眼里就只有这么点权力!
　　　　张惕　　它的权威太大了，但远不如我的义务重要；这无足轻重的孩子，我给了他生命，但我更应把鲜血奉献给不幸的君主。

　　"复仇"的线索在《中国孤儿》中是否有呢? 也有的。伏尔泰把他笔下的人物成吉思汗的入侵大宋王朝，解释成这位蒙古鞑靼可能实行的一个"复仇"行为。在剧本的开头一场，伊达梅就表示了这种担心："我拒绝了他（即成吉思汗）的求婚，做了别人的妻子和母亲，他受了辱，决不会原谅，这真令我不安和失望。天晓得他是否要报复?"然后她又认定"他是带着复仇的怒火而来"。第三幕第二场，成吉思汗与他往昔没有追求成的伊达梅相遇，两个都提到了"复仇"之事。伊达梅对成吉思汗说："我早已料到您要复仇；但请饶恕一个无辜的孩子。"成吉思汗最后承认："我明白了，是从我被侮辱的那天起，从那时起我就憎恨你们的国家，发誓要复仇。"但是，《中国孤儿》最后以成吉思汗的"复仇"心理的完全消失而结束。成吉思汗心甘情愿地终止搜寻迫害大宋王朝遗孤的举动，向张惕夫妇声明"对这不幸之中万幸的孩子和你们的儿子，我都会给予慈父般的爱护"。

是什么使成吉思汗变了样？剧本里的成吉思汗回答说："是你们（即汉民族）的良俗美德。"这个回答当然是不能令人信服的。在我看来，使剧本里的成吉思汗变了样的根本原因，倒是伏尔泰心中的西方人文主义观念在起作用。

东西方文化对"复仇"的理解与表现是很不一样的。《赵氏孤儿》与《中国孤儿》的对照，还不是唯一的例证。

高乃依的《熙德》的结尾在中国剧作家手里是无论如何也写不出来的，施曼娜的父亲被罗狄克杀死了，施曼娜几次要求国王为她报仇，但当罗狄克击退入侵之敌成了英雄之后，她居然接受国王的安排，不仅打消复仇的念头，甚至表示愿意嫁给罗狄克。

《熙德》和《中国孤儿》一样，都表现了"复仇"的不必实现。

《哈姆莱特》又名《王子复仇记》，但那是写的"复仇"行动的迟迟不能实现，因为哈姆莱特要反复思考，"默然忍受命运的暴虐的毒箭，或是挺身反抗人世的无涯的苦难，通过斗争把它们扫清，这两种行为，那一种更高贵？""决心的赤热的光彩，被审慎的思维盖上了一层灰色"。哈姆莱特越是思考人生价值，便越是在复仇行动上迟疑不决。这和赵氏孤儿的毫不犹豫的"复仇"行为成了鲜明的对比。

对照《中国孤儿》与《赵氏孤儿》，还能发现伏尔泰对女性魅力的表现也是超出了东方人的意识的。在《赵氏孤儿》里只有一个女性形象——公主，她在戏里的作用有限，把赵氏孤儿托付给程婴之后就自缢身死了。《中国孤儿》里的伊达梅却是在剧中地位举足轻重的主人公。成吉思汗爱她爱得发狂，以至于对她说："您口吐一言，整个帝国的命运都能改变。"张惕更是把她抬举得高高，以至于对她说："伊达梅，你比我更高尚，仁慈的上天要拯救我们的国家和皇孤，只有你一人堪担此重负。"但是，伊达梅绝不是个纯粹的中国烈女式的巾帼英雄，在她的大智大勇之中倒能使我们联想到法国女英雄圣女贞德的面影。伏尔泰给她提供了只有欧洲古典主义戏剧的女主人公才能经历的"情感与理智"的自我冲突，使她最终获得了愿为祖国献身的勇气。

伏尔泰把《中国孤儿》的戏剧冲突的焦点聚合在伊达梅和成吉思汗身上。成吉思汗与伊达梅的冲突不是一般的英雄与美女的冲突，而是权力与道德，武力与文明的冲突。伊达梅恰恰是道德与文明的象征。《中国孤儿》的一大成功是塑造了伊达梅这个动人形象。也由于伊达梅这一女性形象的光彩照人，使得与伊达梅一起进入戏剧冲突旋涡之中的成吉思汗也沾了点"光"，成了伏尔泰要刻意宣扬的"武力臣服于文明"这一人道主义的启蒙思想的一个载体。比较《中国孤儿》与《赵氏孤儿》，我们看到，伏尔泰把戏剧事件后移了一千八百年，把文明与道德的支柱偏向到女性一方。

翻译的异译

有翻译，就有误读。名家也难免。这就不去说它了。名家译名句也有不同译法，即翻译的异译，倒是可以讨论的。

哈姆莱特的独白"to be or not to be"，四种中译都有差异。

孙大雨译："是存在还是消亡，问题的所在。"

梁实秋译："死后还是存在，还是不存在，这是问题。"

朱生豪译："生存还是毁灭，这是值得考虑的问题。"

卞之琳译："活下去，还是不活，这是一个问题。"

为什么朱译最通行？除了他的译本发行量最大之外，可能也因他的译文让演员在舞台上吟咏起来更有力道，而且，"生存还是毁灭"的确是当今世界面对的一大课题，无论是对于集体还是对于个体。

四位名家的译文的意思都是一样的，不过是朱生豪的更加求雅的译文占了上风。

但也有不少翻译上的分歧，是源于对应有之义的见仁见智的不同选择。

如19世纪俄国剧作家格里鲍耶陀夫的代表作《Горе от ума》，在我们俄语学界有两个译名——《聪明误》和《智慧的痛苦》。两个译名都可以成立，但要我选择我会选择《智慧的痛苦》。此剧主人公恰茨基最后满怀悲痛逃离莫斯科，他的"痛苦"来自他的高出众人一头的"智慧"。"智慧的痛苦"乃是超越历史时空的人生困顿。哈姆莱特说:"这是一个颠倒混乱的时代,倒霉的我却要负起重整乾坤的责任!"哈姆莱特的痛苦也是"智慧的痛苦"。司马迁《屈原列传》里的渔夫问披头散发、行吟泽畔的屈原为何这么"颜色憔悴,形容枯槁",屈原说:"举世皆浊而我独清,众人皆醉而我独醒。"屈原的痛苦分明也来源自"众醉独醒"的"智慧"。

有的译名的选择余地也就更大了。比如,亚里士多德《诗学》里给悲剧下定义时用的"卡塔西斯"(Katharsis),就可以有很多翻译上的选择。"净化"说是最通行的。但我国古希腊文学研究的老前辈罗念生先生在《卡塔西斯浅释》一文中写道:"我们姑且把卡塔西斯译为'陶冶',把悲剧定义中的'使这种情感得到卡塔西斯'改为'使这种情感得到陶冶'。但最好是不改,仍保存音译,因为意译没有相当的字眼。"

而我们古希腊文学界的后起之秀陈中梅则在他的《诗学》译著中发表了另外一种见解:"悲剧之所以引发怜悯和恐惧,其目的不是为了赞美和崇仰这些情感,而是为了把它们疏导出去,从而使人得以较长时间地保持健康的心态。"因此,他把悲剧定义的最后一句话翻译成"通过引发怜悯和恐惧使这些情感得到疏泄"。

"净化"说、"陶冶"说、"宣泄"说还没有穷尽"卡塔西斯"的精神内涵。台湾王士仪教授在他的专著《论亚里士多德(创作学)》(2000)一书中,对"卡塔西斯"做了前无古人的第四种解释——"救赎"说。他既不从宗教角度,也不从医学角度,而是从悲剧本体的角度来解读"卡塔西斯"。他认定悲剧名作《俄狄浦斯王》是亚氏给悲剧下定义的文本依据，而这出悲剧的要旨是：在冥冥中犯下"弑父娶母"罪行的俄狄浦斯王，最后以自残的自我惩罚来赎自己所犯的罪过。这样，王士仪先生就把悲剧定义的最后一句做了这样的译述——

> 悲剧行动经过哀怜与恐惧之情完成补偿（或弥补，赎）了那些前面情感（哀怜与恐惧）受难事件的罪。

"救赎"说尽管是王士仪先生的一家之言，但却深得我心，因为与我对悲剧精神的一种理解暗合。几年前我写过一篇关于京剧《曹操与杨修》的剧评。我想说，此剧的一个意义，是曹操第一次在戏剧舞台上以悲剧人物出现；我想说，杀人者的悲剧，是在杀人者的良心发现有了悔罪之后开始的。

十多年前，北京舞台上演了一部由童宁翻译、查明哲导演的俄罗斯现代悲剧《青春禁忌游戏》。我为这个戏写了文章。文章里有这样一段话——

> 戏剧的奇迹是这样出现的：当恶膨胀到极限的时候，人心里埋藏着的善的种子开始苏醒。亚里士多德的悲剧理论中的卡塔西斯机制开始启动，人们通过哀怜与恐惧在情感上得到陶冶，在良心上得到救赎。而我们读者与观众也体验到了崇高悲剧的心灵净化过程。

又是"情感陶冶",又是"心灵净化",又是"良心救赎"……我想把卡塔西斯一词翻译上的诸多歧义集拢在一起,表达我理解中的深广的悲剧精神的应有之义。

此情不已

　　我收藏有一枚旧时文人遗留下来的印章，印文为"此情不已"。这印章可能关联着一段我们无法考证的爱情故事。

　　但我欣赏"此情不已"这四个字。伟大的诗人，曾本着"此情不已"的执着，借助既痛苦又甜蜜的回忆，以过去的一段情缘，以今天的生死契阔，歌唱永恒的人间情怀。

　　像陆游那首著名的《钗头凤》——"红酥手，黄滕酒，满城春色宫墙柳。东风恶，欢情薄。一怀愁绪，几年离索……"

　　此词作于陆游被迫与唐琬离婚之后，一次春游，在沈园巧遇唐氏，感伤之余，题词壁上。四十年后的1192年，年近古稀的陆游重游沈园，唐琬已不在人世，旧词却尚存壁间，诗人遂又题了首七律："城上斜阳画角哀，沈园非复旧池台。伤心桥下春波绿，曾是惊鸿照影来！"

　　像普希金的那首著名的《致凯恩》——

　　　　我记得那美妙的一瞬：
　　　　在我的眼前出现了你，
　　　　有如昙花一现的幻影，
　　　　有如纯洁之美的精灵……

安娜·凯恩比普希金小一岁，他们第一次见面是在 1819 年的圣彼得堡。1925 年 6 月末凯恩到三山村探望姑母，与幽居于此的普希金重逢，碰出情感的火花。离别的前夜，普希金赠予她长诗《叶甫根尼·奥涅金》第二章，也把这首起句为"我记得那美妙的一瞬"的诗夹藏其中。这首诗后来由作曲家格林卡谱成歌曲，传唱不绝。

凯恩后来的丈夫也是普希金的一位崇拜者，他以宽容的态度对待凯恩对于普希金的一往情深的怀念与眷恋。她活到了八十岁。我见过一张凯恩墓地的彩照：是一块硕大的随形墓石，墓石上刻着普希金《致凯恩》的诗句，周遭绿草如茵。

陆游与唐琬，普希金与凯恩的爱情没有结出生活的正果，却孕育了诗歌的硕果。后人应该感谢唐琬与凯恩，有了她们的降临人间，人间才有不朽的《钗头凤》与《致凯恩》。

自由、创造与爱情，这是普希金的人生三大快事。他自由地创造了不少歌唱爱情的诗篇。

在《致凯恩》之前，普希金还写了《书商与诗人的交谈》。"诗人"说：

> 只有她一人能够理解
> 我那些朦胧的诗行；
> 像一盏纯洁美丽的灯。
> 只有她在心中闪亮！

《致凯恩》的深切含义，恐怕也只有凯恩"她一人"最能领悟。
"人间要好诗。"好诗不断是因为此情不已。

中国的笛子

最近读到波兰诗人施塔弗（1878—1957）一本书，书名叫"中国的笛子"，我读的是俄文版。据俄译者在译后记里介绍，作者写这本书是受了一本名为《玉笛》的法文书的启发，而《玉笛》作者弗朗索阿·图辛名不见经传。对于欧洲的汉学家和施塔弗的研究者而言，《中国的笛子》是个没有完全解开的谜。

《中国的笛子》里确实有浓重的古老中国的影子。比如书里一再出现孔子、李白的名字，比如它议论到玉，说"如果智者爱玉，是因为从前的智者都把玉比喻为德行"，让人马上想到"君子比德于玉"这句老话。比如它里边有首《罗敷之歌》，一读就知道是由汉乐府《陌上桑》脱胎而来。而那篇题名"朋友"的散文诗，则完全是李白的《将进酒》的转译，而且其中的误译也很有趣的。

"君不见黄河之水天上来，奔流到海不复回！君不见高堂明镜悲白发，朝如青丝暮成雪！"他译成了这样："我的朋友，你难道不知道黄河之水奔流到海不复回？我的朋友，难道你家里没有镜子，看不见你的头上已经飘着白雪？"把李白的最有气魄的"黄河之水天上来"漏译了，就不能不觉得遗憾了，再好译不过的这一句他偏偏漏译，说明欧洲人对李白的浪漫主义还有隔膜。

《中国的笛子》里最有意思的，是那些模仿中国情调却并无中国原作依据的篇章。请看这首《仁慈的阴雨天》：

> 我诅咒这雨，它敲打着屋顶，让我不能入眠；我诅咒这
> 风，它扫荡了我的花园。
>
> 可是你来了！当你脱去淋湿的外衣时，我感谢这雨；当
> 风把房里的灯火吹灭时，我感谢这风。

这样的"吹灯宽衣"的情诗，更像是出自于浪漫的欧洲诗人
的手笔，但你也不能否认其中的确有点中国民歌的影子。

在《中国的笛子》里，我偏爱那首题名《音乐的亭子》
的诗——

> 弹琴的女子走开了/被人遗忘在玉壶里的一朵丁香/朝空
> 琴低垂着头/像是还在倾听。

我为什么喜欢这首诗，特别是在新世纪来临的今天？除了那
隽永有味的诗意外，我偶然间发现了一个美丽的象征——一朵欧
洲诗人喜爱的诗意的花（丁香），放进了一个中国诗人喜爱的诗
意的器皿（玉壶）。这样我就想，《中国的笛子》实际上是一位欧
洲诗人借着中国的乐器吹奏的自己的歌，当然这也是一次东西方
文化的富于诗意的神秘碰撞。

戏剧笔记

戏剧的定义

戏剧的定义，不可胜数。常被今人提及的有三。

一是由古希腊学者亚里士多德提出来的，见《诗学》第六章——

> 悲剧是对于一个严肃、完整、有一定长度的行动的模仿，它的媒介是语言，具有各种悦耳之音，分别在剧的各部分使用，模仿方式是借人物的动作来表达，而不是采用叙述法，借引起怜悯与恐惧来使这种情感得到卡塔西斯。

亚里士多德的这一定义的最核心的要点，是指出戏剧是"行动的模仿"。后来的学者一说到戏剧的本质内容，常借用亚里士多德的定义，强调指出戏剧"乃是行动的艺术"。

第二个经典性的戏剧定义，出自高尔基的《论剧本》一文——

> 戏剧（悲剧和喜剧）是很难运用的一种文学形式，其所以难，是因为剧本要求每个剧中人物用自己的语言和行动来表现自己的特征，而不用作者提示。

高尔基在这里强调了剧本（戏剧文学）与小说等其他文学体裁的一个最重要的区别：戏剧行动（包括戏剧人物性格的展现、戏剧情节的推动）只能依靠戏剧人物的语言和行动来完成，而不能借助作者的提示，这就是所谓的戏剧的"非叙述体"的特性。

以上两个戏剧定义都是把戏剧主要作为一种文学的体裁来立论的。到了20世纪下半叶，波兰戏剧家格洛托夫斯基写了本轰动世界剧坛的《迈向质朴戏剧》，他对戏剧做了一个全新的定义——

我们可以就此给戏剧下这样的定义，即"产生于观众和演员之间的东西。其他都是附加的——也许是必要的，但毕竟是附加的"。

格洛托夫斯基认为戏剧的核心是演员的表演和观众对这表演的感应。因此，他的全部戏剧探索也集中于探索演员与观众之间的各种感应关系。

格洛托夫斯基的戏剧定义是戏剧的现代观点的极端，这里所说的"戏剧的现代观点"，就是理论家对于戏剧的视点从文学领域向艺术领域的位移，这种视点位移和20世纪初开始的戏剧舞台艺术的大发展有关，20世纪的剧作家写戏已经意识到他是在为观众写戏。"没有搬上舞台的剧本不过是个睡美人"（苏联剧作家波戈廷语）。

所以，现在的戏剧学者越来越认识到，戏剧是一种已经超越出了文学范畴的体裁，对于它的研究分析，不仅需要以文学理论作为依据，而且也要以艺术理论作为依据，因为戏剧不仅借助语言媒介，而且也借助舞台表现手段加以实现，也就是说，我们不仅可以把它作为一个文学的门类来考察，也可以把它作为一个艺术的门类来考察，我们应该对戏剧拥有一个更宏观的视野。

因此，我们不妨再给戏剧下一个定义——

戏剧像女人一样有两个家，一个是娘家——文学；一个是婆家——艺术。

等待明天

  《三姊妹》构思于 1899 年，成稿于 1900 年，首演于 1901 年。按时序来说，它应该是 20 世纪诞生的第一部戏剧经典。

  剧作者坦承，此剧写得很艰苦。因为什么？"要知道戏里有三个女主角，而且每个都有自己的性格，她们还都是将门之女。"——1900 年 10 月 16 日，契诃夫这样向一位友人解释。

  难怪，契诃夫在戏一开始就先在服饰上把三姊妹鲜明地区分开来：大姐着蓝裙，二姐穿黑裙，三妹套白裙。观众很快也发现：大姐很沉稳，二姐最内向，小妹较活泼。

  但这仅仅是开始，慢慢地就显示了她们在精神上共同的高要求，她们甚至想知道，"大雁为什么在天上飞翔，星星为什么在天上闪烁？"而在共同的生活重压下，她们也不约而同地朝着同一个情绪色彩靠拢了。

  到了戏的尾声，当秋风正扫荡着落叶的时候，三姊妹依偎在一起，一边听着快乐的军乐声，目送那些可能一去不复返的可爱的军人，一边说着那些怨而不怒、哀而不伤的台词，好像已经不可分割地融合在一片秋天的忧郁之中了。她们优雅地忍受着苦痛，对自己的不幸保持着一种让人感到既甜美又苦涩的审美距离。她们不再拒绝今天的磨难，她们也更不会放弃明天的希望，而我们读者或观众，在与她们一同流泪或感奋的时候，在精神上似乎也与她们一起提升了。

曹禺喜欢《三姊妹》，尤其喜欢这个结尾。他1936年写的《日出·跋》里有这样一段话："读毕了《三姊妹》，我合上眼，眼前展开那一幅秋天的忧郁，玛莎、依丽娜、娥尔加那三个有大眼睛的姊妹悲哀地倚在一起，眼里浮起湿润的忧愁……姐姐娥尔加喃喃地低述她们生活的悒郁，希望的渺茫，徒然地工作，徒然地生存着。我们眼前渐为浮起的泪水模糊了一片……"

"秋天的忧郁"、"潮湿的忧愁"，都是透着诗意的伤愁，"徒然地工作，徒然地生存着"，则又揭开了深一层的悲剧意蕴。美丽善良的三姊妹困顿在一个生活与工作都失去诗意的边城，心爱的人又或是决斗死了或是开拔走了，"回到莫斯科"的希望也渺茫了。美，就是这样白白地被遗忘了，被遗弃了。她们之所以还执着于今天，坚强地"要活下去"，是因为可以在今天期待明天，期待再过一百年之后，她们的"后人会用善良的言语"来追怀她们。

莫斯科艺术剧院1940年重排《三姊妹》时，导演丹钦科说此剧的"种子"是"对美好生活的渴望"，我们不妨换个说法：《三姊妹》的种子是"对于美好明天的等待"，或简洁地说是"等待明天"。

这个题旨是贝克特帮助发现的。他在1952年写了今天也已成为经典的《等待戈多》。两个流浪汉要等待的"明天会来"的戈多，其实也是三个姊妹期盼的"明天要去"的莫斯科，乃是无边的永恒明天。永恒的明天决定了永恒的等待。这样契诃夫与贝克特就在我们眼前牵起了手来。

重逢三姊妹

　　《三姊妹》的第一句台词，是大姐娥尔加对小妹依丽娜说的："父亲死了整整一年了，恰好就是今天，五月五日，你命名的这一天，依丽娜。"在一句简单交代时间环境的话里，契诃夫不动声色地把生与死、喜与悲交接到一起了。

　　林兆华排《三姊妹·等待戈多》，也巧妙地把古典与现代，把盼望莫斯科的三个知识分子小姐和等待戈多的两个流浪汉集结到了一块。

　　俄罗斯民族的一个光荣，是创造了 интеллигенция 即"知识分子"这个字眼。别尔嘉耶夫在《俄罗斯思想》这本书里专门讲到"知识分子"的价值，认定俄国第一个真正的知识分子，是那位先天下之忧而忧的俄国作家拉季舍夫（1749—1802）。

　　我们说三姊妹是知识分子，并不单单因为她们懂得英、法、德三门外语（依丽娜还懂意大利语），并不单单因为普希金的诗句——海湾上有一棵碧绿的橡树，树上拴着金链子——成了玛莎的口头禅，并不单单因为那两个名叫韦尔希宁和屠森巴赫的军官，属于全城"最有教养的人"。三姊妹和两军官的知识分子气息，浓浓地弥漫在他们的幻想以及随之而来的幻灭痛苦之中。于是他们只好寄希望于二百年、三百年后的人类未来，但即便这样，他们依旧保持着知识分子的那份清醒：不管将来生活多么美好，人类照样会感到痛苦。

痛苦从何而来？痛苦来自更高的精神追求。《三姊妹》里的那些可爱的剧中人物都是有精神追求的人。他们的痛苦也因这精神之光的映照而显得诗意盎然。

契诃夫一定是特别喜欢玛莎和韦尔希宁的。他让他们痛苦地幸福地相爱了一次，他让韦尔希宁长叹一声说："我的生活中正是缺少这些花啊！"他让玛莎把崇高的精神追求凝练成一句天问式的感喟——"人活着而不知道大雁为什么飞翔，婴儿为什么降生，星星为什么在天上闪烁。"

知识分子不是无所不知的。但知识分子执着地企图探寻痛苦的根源与存在的意义。契诃夫相信这种探寻是会有结果的。我们不会忘记扮演娥尔加的龚丽君在快结束全剧时说的那句台词："也许不要再过多少时日，我们就会知道我们为什么活着，为什么痛苦。"

契诃夫第一部关于知识分子的作品是写于 1889 年的小说《没有意思的故事》。小说主人公老教授经过多年的生活磨炼与磨难，得出了一个知人论世的方法：不是根据那个人做什么，而是根据他想什么来判断一个人——"你告诉我，你希求什么，我就知道你是个什么人。"

希求什么呢？从大的方面看，人的"希求"无非两大类，一类更偏重于精神上的希求，一类更偏重于物质上的希求。

《三姊妹》写于 1900 年，写于新的世纪已经来临之时，而写剧本的契诃夫却已重病在身，不久于人世。因此，我们可以把

《三姊妹》（还有写于 1903 年的《樱桃园》）看成是契诃夫留给世人的艺术的遗嘱。他的这份遗嘱归根结底一句话：做一个有精神追求的人。

但分散开来听也许更有意味。我坐在首都剧场里看《三姊妹·等待戈多》，听契诃夫的那些可爱的戏剧人物的台词，时不时地把它们当作契诃夫的最直接的遗言来听。

比如，屠森巴赫去决斗赴死之前对依丽娜说："我仿佛生来第一次才看见这些松树、枫树、桦树似的，它们都在惊奇地望着我，期待着什么。多么美丽的树木哟，实际上，在它们周围的生活也应当是美丽的啊！……应该走了，时候已经到了……你看那棵树已经干枯了；可是它仍同别的树一样，被风吹得摇摆着。因此，我觉得如果我将来死了的话，不管怎么样，我还会以各种不同的方式参加到生活里去的，别了，我的亲爱的……"

在另一个世纪之交的中国北京演出《三姊妹·等待戈多》，不也是去世近百年的契诃夫"参加到生活里去的"一种方式吗？契诃夫不朽是因为他的作品不朽。

当 1997 年秋天林兆华导演跟我说起他要把《三姊妹》与《等待戈多》糅合在一起演的构想时，我就表示了支持。其中一个原因是，我在几年前写的那篇《契诃夫与二十世纪现代戏剧》的文章里，也曾试图对《三姊妹》和《等待戈多》做番对照。我相信，贝克特能帮助我们进一步认识契诃夫。

1901 年莫斯科艺术剧院首演《三姊妹》后，不少观众提出疑问：三姊妹买张火车票不就能到莫斯科去了吗？

1998 年北京观众看过《三姊妹·等待戈多》后就不会再提这样的问题了。《等待戈多》帮助他们理解《三姊妹》，知道那个"莫斯科"对于三姊妹来说也是"无望的希望"，就像"戈多"对于那两个"等待戈多"的流浪汉一样。

因为存在着《等待戈多》的参照，吴文光在舞台一侧高台上诵读的安德烈（三姊妹的哥哥）的那段台词——在这里你一切人都认识，一切人也都认识你，可是你觉得自己是个陌生人，而且是个孤独的人——也有了前所未有的冲击力。

《等待戈多》帮助我们更加体会出三姊妹在诗意的等待中的无奈。

当年斯坦尼斯拉夫斯基排演契诃夫戏剧，在舞台表演上进行了大胆的革新，他要求演员抛弃程式化的表演模式，不是外在地而是内在地揭示契诃夫戏剧的诗意潜流。林兆华继续着这种舞台革新。他也试图抛弃他所面对的戏剧表演模式，但显然走得更远。他有意识地弱化角色间的直接交流，弱化演员多余的外部激情，以便观众能在诗意的宁静中倾听契诃夫的优美而深邃的台词。

但林兆华也和斯坦尼斯拉夫斯基不同，他不想在舞台上建造生活的幻觉，而是在舞台虚拟和提纯生活，从而营造出写意的舞台环境，而由于《等待戈多》的糅合，又进一步强化了舞台的假定性，这就使得林兆华得以在舞台上成功地表现了一段别人不想去尝试表现的戏剧段落。

我指的是《三姊妹》第三幕的一段发生在韦尔希宁与玛莎之

间的近乎神秘的情感戏——

> 韦尔希宁　……今天我的心情特别好，真想活下去……
> 玛莎　特拉姆—塔姆—塔姆……
> 韦尔希宁　塔姆—塔姆……

　　这之前，我看过三个《三姊妹》的不同演出，一次在莫斯科，两次在北京，所有这三个演出都把这个抽象到神秘的"特拉姆……"的戏剧段落删去了。林兆华却完整地保留了这一段。濮存昕——韦尔希宁和陈瑾——玛莎也演出了这一段对手戏的神秘的抒情。他们给观众提供的这些美妙瞬间，给这个演出平添了一种契诃夫式的只可意会不可言传的意趣，也让我想到斯坦尼斯拉夫斯基在《契诃夫和莫斯科艺术剧院》一书中说的一句话："契诃夫戏剧的深度，对于能深思善抒情的演员是无限的。"

　　云南出版社出版了一套俄罗斯"白银时代"丛书。洛扎诺夫的《落叶集》里有这样一节——

> 但愿墓门的旁边，
> 活跃青春的生命。
> 有人听到这几句诗，感动得泪流
> 满面。
> 皮萨列夫站起来：
> ——我——不——明白。

"但愿墓门的旁边，活跃青春的生命"，是普希金的名句。说"我不明白"的皮萨列夫，是俄国 19 世纪以不喜欢普希金诗歌闻名的文学批评家。

扮演玛莎的陈瑾在台上念契诃夫的台词："大雁在我们头上飞翔，每个春天和秋天，它们都这样飞，已经飞了千千万万年。它们不知道为什么要飞，可是它们飞啊，飞啊，它们还要飞几万年，只要上帝不给它们解开这个秘密。"

有人听到这些台词，感动得要流泪。

有人听到这儿起身往剧场门口走去，心里一定在说：

——我——不——明白。

人间四月天

——《再别康桥》观后

看完小剧场歌剧《再别康桥》，蓦然想到俄罗斯诗人普希金的一句话："人生诸般享受，胜过音乐的唯有爱情，而爱情本身就是一曲和谐的歌。"《再别康桥》的故事带给我们的也是和谐。诗是和谐的，歌是和谐的，人是和谐的。

和谐的意象是一弯新月，一片云彩，一树嫣红，一池清水，还有一阵小雨……和谐的基调是鼓一声，钟一声，磬一声……而且是"轻轻的，轻轻的"，即便心里泛起惆怅，也只是轻轻地感喟一声："我不知道风是在哪一个方向吹……"

和谐的诗是美丽的，和谐的人是可爱的。《再别康桥》里的这些可爱的人，曾经有过多么美丽的、可爱的想法！他们希望在诗人的"轻轻的、悄悄的"步履中，在桃树的"柔的、匀的吐息"中，在"木鱼一声，佛号一声"的礼忏声中，"无数冲突的波流谐合了，无数相反的色彩净化了，无数现世的高低消灭了"。

他们的存在，曾使得他们周围的万物都显得更美。无论是作为诗人的林徽因、徐志摩，还是作为学者的金岳霖，他们种下的都是和解的胚胎，而不是纷争的种子。

话剧也好，京剧也好，只要与小剧场联姻，就具有了探索的可能性。歌剧也迈出了探索的一步。由于诵者这个角色的出现，这部小剧场歌剧获得了那么大的时空自由。

这是一部充满着文化意趣的戏，一部洋溢着人性光华的戏。

走出剧场，默默回味着《再别康桥》的旋律，眼前晃动出几个可爱的身影，五台山佛光寺也隐隐显现在眼前。金岳霖写给林徽因的挽联中，引用了林徽因的诗句"人间四月天"。这能诱发出多少诗意的联想！又是一种多么美丽的憧憬。

小剧场歌剧《再别康桥》除了给我们审美的愉悦之外，还能触动一下我们的心灵，让我们想一想：在这喧闹的充满诱惑的人世间，该如何保持内心的宁静？

永恒的选择

关于《哈姆莱特》

有两位我特别佩服的已故戏剧导演，都曾把排演《哈姆莱特》当作自己毕生的心愿，尽管他们都没有能把这心愿付诸实现。

一位是俄国导演梅耶荷德（1874—1940），一位是中国导演胡伟民（1934—1989）。

梅耶荷德对《哈姆莱特》的评价高极了。有一次他对作家爱伦堡说："如果将来的某一天世界上所有的剧本都失传了，而《哈姆莱特》没有失传，那么戏剧就还存在。"他认为《哈姆莱特》"可以表现一切"。

梅耶荷德是 20 世纪一位空前的戏剧革新家。1982 年我写了一篇题为"梅耶荷德的贡献"的文章，胡伟民读后写信告诉我说，在许多戏剧观点上他和梅耶荷德不谋而合。胡伟民也像梅耶荷德一样地喜欢莎士比亚，喜欢《哈姆莱特》。他去世之后，不止一个朋友借用《哈姆莱特》的一句台词奉献给他的在天之灵——"一颗高贵的心现在碎裂了！晚安，亲爱的王子，愿成群的天使们用歌唱抚慰你安息！"

这是霍拉旭对刚刚死去的哈姆莱特说的衷心祝愿，在这之前，便是哈姆莱特的临终遗言——"啊，我死了，霍拉旭……你可以把这儿所发生的一切告诉他（即福丁布拉斯）。此外仅余沉默而已。"

霍拉旭能说些什么呢？他很可能把这个故事的外部情节当作"这儿所发生的一切"告诉世人，而这个悲剧的本质内涵，怕是被死去的丹麦王子带进神秘的永恒中去了。"此外仅余沉默而已"！莎士比亚给我们留下了多么宽广的思考与幻想的空间！

世界上再也没有像莎士比亚那样拥有如此精神自由的戏剧作家了，再也没有像《哈姆莱特》那样意蕴丰富到无穷到神秘的戏剧作品了，再也没有像哈姆莱特那样上下求索、反复思考、前后顾瞻、左右为难的戏剧人物了。

思考给人带来认知的欢愉，但智慧的痛苦也随之而来——

这是一个颠倒混乱的时代，唉，倒霉的我却要负起重整乾坤的责任！（《哈姆莱特》第一幕第五场）

第一个对《哈姆莱特》做过认真分析的德国诗人歌德，认定哈姆莱特的这句台词是全剧的关键。那么，《哈姆莱特》的悲剧意义就是："一件伟大的事业担负在一个不能胜任的人的身上……一个美丽、纯洁、高贵而道德高尚的人，他没有坚强的精力使他成为英雄，却在一个重担下毁灭了，这重担他既不能肩起也不能放下。"

歌德的这个影响深远的观点，是在 18 世纪末的 1795 年发表出来的。19 世纪俄国文艺评论家别林斯基在写作论文《莎士比亚的剧本〈哈姆莱特〉和莫恰洛夫扮演哈姆莱特的角色》时，也引证了歌德的这个被概括为"认识责任后的软弱"的论点,但他进而对哈姆莱特的所谓"软弱"做了独到的解释——"哈姆莱特即使在软弱时也是伟大而强有力的,因为一个精神强大的人,即使跌倒也比一个精神软弱的人奋起时来得崇高。"

别林斯基说得有理。就拿波洛涅斯之子雷欧提斯来与哈姆莱特作比较。两人都要报杀父之仇。哈姆莱特在复仇上总是迟疑不决,雷欧提斯倒是决断决行,但哈姆莱特的"跌倒"比雷欧提斯的"奋起"不知要崇高多少倍,因为哈姆莱特有思想,他知道要实现复仇需要杀人,而在人的鲜血面前,他不得不审而慎之,所以他说:"决心的赤热的光彩,被审慎的思维盖上了一层灰色,伟大的事业在这一种考虑之下,也会逆流而退,失去了行动的意义。"所以他只好对母亲说:"也许我会因此而失去勇气,让挥泪代替了流血。"哈姆莱特的人道精神的"伟大而强有力"不正表现在他的这种"让挥泪代替了流血"的"软弱"上吗?

从这一点想开去,就能发现哈姆莱特身上的向善向美的普遍人性。与别林斯基同时代的赫尔岑大声地把这个感悟在他的《往事与随想》中说出来了:"哈姆莱特的性格达到了全人类普遍性的程度,尤其是在这怀疑与沉思的时代。"

就是在这个"怀疑与沉思"的19世纪的欧洲,类似"哈姆莱特就是我"的想法与说法流传了开来。既有积极的也有消极的。

俄国小说家屠格涅夫的《猎人笔记》里有篇短篇小说叫《希格雷县的哈姆莱特》。有人请教这位耽于幻想、不善实践的小说主人公尊姓大名,他回答说:"您就称呼我是希格雷的哈姆莱特好了。"屠格涅夫对哈姆莱特性格的理解偏于消极。

俄国诗人勃洛克则在发表于20世纪初的一首诗里宣称："我是哈姆莱特，我的血在冷却……"

这是一位有革命倾向的诗人在革命前夜写出来的诗句。勃洛克对哈姆莱特性格的理解倾向积极。

20世纪是个艺术思潮与流派纷呈的时代。几乎一切色彩的文艺家都可以和哈姆莱特结盟。现实主义的理论家们乐于引证哈姆莱特说的"自有戏剧以来，它的目的始终是反映自然"，现代主义的理论家们也乐于做《莎士比亚与现代主义》《莎士比亚与存在主义》一类的文章。他们在《哈姆莱特》的"此外仅余沉默"中听到了"喧哗与骚动"。《哈姆莱特》是一部人类精神的百科全书。

20世纪是个比以往任何一个世纪都更要进步、文明但也更要复杂更要难以理喻的时代。因此20世纪的文明人比他们的前辈更善于咀嚼哈姆莱特对他的好友霍拉旭说的这句话："天地之间有许多事情，是你们的哲学里所没有梦想到的呢！"

20世纪是导演的世纪。20世纪产生了几个因导演《哈姆莱特》而闻名的戏剧导演。最先是英国人戈登·克雷。他在《剧场艺术》一书中里常常说到《哈姆莱特》，在谈及神秘的"幽灵世界"时，他也预言："我们将会感觉到哈姆莱特所说的真理：'霍拉旭，天地间有许多事情，是你们的哲学里所没有梦想到的呢！'"

后来在莎剧导演界执牛耳的是英国人彼得·布鲁克。他还是个戏剧理论家，他主张将莎剧"现代化"，在戏剧论著《空的空间》中他直截了当地提出，"我们把莎士比亚的戏剧搬上舞台是为了赋予它'现代的'色彩"。

由彼得·布鲁克执导、由斯考费尔德主演的《哈姆莱特》自50年代起风靡欧洲舞台，这个被赋予了"现代色彩"的哈姆莱特可以让人联想到50年代震动欧洲社会的"愤怒的青年"。

与彼得·布鲁克的《哈姆莱特》几乎同样出名的，还有俄国导演留比莫夫在20世纪70年代排演的《哈姆莱特》。在这个戏里，三幕一场的"存在还是毁灭"的著名独白，不仅哈姆莱特吟诵，克劳狄斯、波洛涅斯也照念不误。

我没有亲眼看过彼得·布鲁克和留比莫夫导演的《哈姆莱特》，但我见过我们的中国导演林兆华20世纪90年代导演的《哈姆莱特》。这个戏里的"存在还是毁灭"的独白，也分别由好几个角色朗读。林兆华的这个导演构思来源于他对哈姆莱特形象内涵的普遍性的确认。他说："哈姆莱特是我们中间的一个，在大街上我们也许会每天擦肩走过，那些折磨他的思想每天也在折磨我们，他面临的选择也是我们每天所要面临的。生存或者毁灭是个哲学命题，也是生活中每一件具体的大事和小事。是或者不是，你只能选择其中一种。"

那就让我们再在心里读一遍这段永远吸引着人类良知的独白——

生存还是毁灭，这是一个值得考虑的问题，默然忍受命运的暴虐的毒箭，或是挺身反抗人世的无涯的苦难，通过斗争把它们扫清，这两件行为，哪一种更高贵？

关于这段独白的字面含义，研究者们的看法是有分歧的。有的认为，"生存"就是"活着"，"毁灭"就是"死去"，有的联系下边一个分句却以为，"妥协"，即"默然忍受命运的暴虐的毒箭"才是"毁灭"，而"斗争"，即"挺身反抗人世的无涯的苦难"乃是"生存"。

学者们可以公说公有理地继续论争下去。这也是"说不完的莎士比亚"的应有之义。不必争论的是，莎士比亚通过哈姆莱特指出的永恒的人生真谛：每一个有精神追求的人都回避不了"存在还是毁灭"的选择。我们每天都面对着这样的选择。

于是，哈姆莱特与我们不再人天相隔了。早在纪念莎士比亚诞生四百周年的1964年，法国作家阿拉贡就写了题目叫"莎士比亚、哈姆莱特与我们"的文章，响亮地说出了一个很多人想说的发现："在每个人身上都有自己的哈姆莱特。"

我现在相信，一直想排演《哈姆莱特》的梅耶荷德和胡伟民，在他们的心中与身上也"都有自己的哈姆莱特"。我也相信，越来越多的有精神追求的现代人愿意在哈姆莱特的身上发现自己，或者说是在自己身上发现哈姆莱特。

我们和哈姆莱特同在，《哈姆莱特》与人类同存不朽。

短章与随想

三径萧条

乌克兰最伟大的诗人舍甫钦科（1814－1861），他的诗作吸引了不少中国译者。译得最多的是戈宝权，译得最早的是周作人。他早在 1912 年就翻译了舍甫钦科的名诗《三条大路》（1847）。

这是一首书写离愁别绪的哀诗。周作人用文言文翻译，戈宝权用白话文翻译。诗的最后一节，周作人是这样翻译的：

> 兄弟远游
> 不复归来
> 三径萧条
> 荆榛长矣。

试比较戈宝权的译文：

> 三个兄弟一去不复返，
> 在世界上到处流浪，
> 而那三条宽阔的大路啊，
> 长满了荆棘，满目荒凉。

两种译文，各有千秋。这种文白互补的诗译，很养眼很提气，很能显示中国文字的丰富性。不过，现在还有能像周作人那样圆熟地用文言文来译外国诗的译者吗？

五颜六色的诗

有两首用"颜色"涂抹出来的诗,给人留下了色彩斑斓的印象。

一首是中国诗人卞之琳的《白螺壳》:

> 黄色还诸小鸡雏
>
> 青色还诸小碧梧
>
> 玫瑰色还诸玫瑰

一首是俄国诗人奥库德日瓦的《献给维索茨基》:

> 白色的莫斯科的鸟
>
> 飞向白色的天空
>
> 黑色的莫斯科的鸟
>
> 飞向黑色的大地

五颜六色,各归其主,各得其所,不相左忤。这是诗人的妙思,其间,也有淡淡的幽默,让诗歌因颜色而多彩。

好

有人问智利诗人聂鲁达："您最喜欢哪个俄语单词"? 聂鲁达回答："是哈－拉－少（好）。"

我在俄罗斯求学五年，"哈－拉－少"也是我说得和听得最多的俄语单词之一。

有一次我问俄国同学沙萨"生活得如何"，他的回答让我哈哈大笑："生活很好，生活得很好!"

沙萨是在幽默地引用马雅可夫斯基的名句，名句出自诗人的名诗《好》——

　　生活很好

　　生活得很好

　　我的头顶上，天空——

　　蓝色的绸子。

　　从来没有这样好! ……

高山和高山是通连的

对于普希金，马雅可夫斯基写有两句诗："我爱你，但爱的是活生生的你，而不是木乃伊。"

对于普希金，茨维塔耶娃也有两句诗：

　　普希金的手
　　我握它，但不舔。

茨维塔耶娃喜爱普希金，也喜爱马雅可夫斯基。与很多想把这两位俄国大诗人对立起来的人不同，茨维塔耶娃试图把这两位风格迥异的诗人连接起来。她说："普希金和马雅可夫斯基能走到一起去的……高山和高山都是通连的。"

骄傲和羞涩

茨维塔耶娃有一首题为"骄傲和羞涩"的诗——

骄傲和羞涩——一对亲姐妹，
她俩在摇篮前站着，相亲又相爱。
"把额头抬起来！"骄傲姐大声说。
"把眼帘垂下去！"羞涩妹喃喃道。
我就这么行走——垂下了眼帘——
抬起了额头——骄傲和羞涩。

我想，"骄傲和羞涩"应该是这位女诗人个性的影子，是她
心灵状态的自我描述。

娘子谷

报载（2015年11月15日）第五届中坤国际诗歌奖揭晓，邵燕翔、西川和叶夫图申科获奖。

叶夫图申科何许人也？他是20世纪50年代崛起的一位俄国诗人。肖斯塔科维奇晚年所创作的第十三交响乐，就是以诗人的长诗《娘子谷》（1961）作为这部合唱交响乐的文本。

> 树木严峻地、像法官一样地凝望着。
> 我脱下帽子，
> 感到头发在慢慢变白。
> 在几万个死者面前，
> 我自己就是无声的呐喊，
> 我是每一个在这里被枪杀的老人，
> 我是每一个在这里被枪杀的孩子。

叶夫图申科的有些诗句，甚至具有视觉的冲击力。

诗就是不直说

在我见到的所有关于诗的定义中，最简单明了的是："诗就是不直说。"如果以这个标准评判，叶夫图申科的《俄国人要不要战争?》就是一首佳作：

俄国人要不要战争?
你们去问问白桦和白杨，
去问问笼罩田野的
那一份宁静。
你们去问埋在白桦树下的
那些士兵，
他们的儿子会回答你们，
俄国人要不要战争。

诗人要说"俄国人不要战争"，但就是"不直说"。

秋天的时钟

我与诗人阿赫玛杜琳娜是同龄人，所以对她那首抒写人生况味的《敲响了，秋天的时钟》尤其关注：

敲响了，秋天的时钟；
响声比去年更加沉重，
一个苹果落到地上——
树上有多少苹果，就有多少坠地的声响。

诗人和科学家不同。见到苹果坠地，牛顿发现了万有引力定律，而诗人阿赫玛杜琳娜由此产生了对于苦乐人生的思索。

这首诗写于1973年，诗人36岁，已经到了"惜别青春"的年岁。苹果如人生，一岁一坠落，每一次苹果坠地的声响，宣告你的年轮又增长了一圈，年华又老去了一岁。所以，"苹果坠地的响声比去年更加沉重"，而且，明年的"响声"还会比今年更"沉重"。

苹果，落地的苹果，经过诗人的诗化的点染，启发着我们如何认识生命、珍惜生命，使属于自己那棵树上的"苹果"的每一次坠落，都"掷地有声"。

看看星星

在电视上看到一位农民工诗人在朗读他的诗作，有一句："我坐在德德玛的草原上，看天上最亮的星星。"

联想到诗人徐志摩名文《我所知道的康桥》是这样收尾的："一别两年多了，康桥，谁知我这思乡的隐忧？也不想别的，我只要那晚钟撼动的黄昏，没有遮拦的田野，独自斜倚在软草里，看第一个大星在天边出现。"

也想到俄国作家布尔加科夫小说《白卫军》的结尾："一切都会从大地上消失的，唯有星空万世不灭。那么，我们为什么不抬头看看星星。"

最忧郁的人

　　袁枚在《随园诗话》里说："余闻人佳句，即录入诗话。"我也学他，有时会把遇到的"佳句"记到本子上去。我的本子上记了一位名气不大的俄国女诗人的一句诗："最好的丑角演员，是最忧伤的人。"我相信很多人未必会把它视为"佳句"，但我读到这句诗，心为之一震和一振。这是因为我脑子里有一个丑角演员的面影，他叫斯维特洛维多夫，契诃夫独幕剧《天鹅之歌》里的剧中人物。他演了一辈子的小丑，这天是他的告别演出，演完之后，一觉醒来，悲伤向他袭来："我一醒过来，朝后一看，身后是六十八个年头，只有现在，我才看清了衰老！歌儿唱完了，（哭泣），歌儿唱完了！"

　　于是之很喜欢这个独幕剧，说此句写出了"演员的风骨和辛酸"。

一片宁静

俄国诗人聂克拉索夫 1821 年生，但卒年却有两种表述，或是 1877 年，或是 1878 年。按俄历，他卒于 1877 年 12 月 27 日，按西历，他卒于 1878 年 1 月 8 日。他去世前写的最后一首诗，有这样两句：

在大都会里，一片喧哗——
舌战正酣
而在俄罗斯的深处
一片宁静

聂克拉索夫就是在俄国最大的都会——彼得堡死去的，那里"一片喧哗，舌战正酣"，但诗人的心飞向了"俄罗斯的深处"，那里"一片宁静"。

人之将死，其鸣也哀，也善。

青春生命活跃

长得丑，何以解嘲或解忧？歌手给我们唱歌："我很丑，可是我很温柔。"

普希金长得也丑。[①] 普希金也很温柔。不过他宁肯伴着青春为"丑"一辩："我长得很丑，但我也年轻过。"[②] 这句给"也年轻过"的人带来温存的隽语，是诗人在乡居的落寞中说给娇妻听的。那天是 1835 年 9 月 25 日。

也在那个金秋季节，也在那条乡间小道，诗人对着三棵刚刚茁壮起来的新松，喊了一声"你好，我陌生的青年一代"。[③]

羁人多感，天涯易秋，诗人这句亲切的问好，也如松间的风，触之成声、成韵、成诗，成自然天籁，化为因树及人的青春礼赞。

普希金是青春的歌手。即便面对死神，他也心系青春——

但愿在坟墓入口处，

---

① 普希金其貌不扬。诗人的一位同时代人对于他的外貌甚至有过如此描述："不可能比这更难看了——这是猴头与虎面的混合。"（见费格尔蒙 1829 年 12 月 10 日日记）
② 见普希金《致冈察洛娃信》（1835 年 9 月 25 日）。
③ 见普希金诗《……我又一次来到》（1835 年）。

青春生命活跃；

但愿宽厚的大自然，

永远闪耀美丽。①

　　我从未感觉普希金长得丑，我在他的诗里，总能感触到"青春生命活跃"。

---

① 见普希金诗《我徘徊在喧闹的街道》（1829 年）。

树与人

去年①北京举办契诃夫戏剧展，以色列艺术家演出的《安魂曲》让首都戏剧界大受震动。这个戏由契诃夫的几个小说改编而成，舞台上的主要布景就是一棵可以发生变幻的树。这个意象来自契诃夫小说《洛克希的小提琴》。棺材匠雅可夫的老伴去世了，老伴的死促使他想起那条河及河边的那棵树——他们当年相恋时幽会的所在。但当他再次来到暌隔数十年的河边树前，树与人都已今非昔比。这能让我们想起桓温的故事。一次故地重游，见到他少时所种的树"皆已十围"，便叹曰："树犹如此，人何以堪。"

树的变幻暗示着人生无常，睹物（树）思人也是人之常情。明朝归有光名篇《项脊轩志》的名句是结尾的那一句："庭有枇杷树，吾妻死之年所手植也，今已亭亭如盖矣。"爱妻亡故多年，如今目睹她手栽的枇杷树已"亭亭如盖"，因树及人，怎能不黯然伤神。

"树与人"的另一层意蕴，是人可以把"树"当作亲近大自然的媒介。

诗人冯至有一次在山林里散步，读到贾岛的两句诗——"独行潭底影，数息树边身"，有所感悟，便写了篇题为"两句诗"

① 本文写作于 2005 年。（编者注）

的文章。我把他对"数息树边身"这一句的阐发抄录如后：

"至于自己把身体靠在树干上，正如蝴蝶落在花上，蝶的生命与花的色香互相融会起来一般，人身和树身好像不能分开了。我们从我们全身血液的循环会感到树是怎样从地下摄取养分，输送到枝枝叶叶，甚至输送到我们的血液里（里尔克有一篇散文，他写到在他靠着树时，树的精神怎样传入他的身体内的体验）。这不是与自然的化合，而是把自己安排在一个和自然声息相通的处所。"

读了冯至的这段文字，我们对陶渊明《归去来兮辞》里那句"抚孤松以盘桓"也会有更亲切的体会的吧。

我原本就爱树，独自上公园，总要去和树木亲近，读了冯先生的《两句诗》后，自有会心的兴感。一次在香山开会，我早早起床，直奔古柏参天的山坡。此刻晨光熹微，万籁俱寂。我拥抱着一棵大树，把脸贴紧了它的树干，心里不生一点杂念，心绪也宁帖之极，自以为已经"和自然声息相通"。

爱树的宣传由两类人在做。一类是科学家，他们告诉我们：树木可以涵养水源；一类是诗人，他们告诉我们：树木可以涵养心田。

砚田无恶岁

两年前①，在潘家园旧货市场买了方砚台。背面有铭文："砚田无恶岁，酒国有长春"；有年款："雍正元年五月五日"。年款不可轻信，砚铭却深得我心，尽管我那时还不知道这是宋代诗人唐庚的诗句。我不善饮，"酒国有长春"的妙处我体会不到，但想把"砚田无恶岁"这五个字拿来当座右铭。

我是这样想的。农夫种田，不管怎么日出而作、日落而息地精耕细作，如果遇上旱涝灾害，遇上蝗虫肆虐，到头来可能还是荒年"恶岁"。而文人经营的是"砚田"（苏轼有诗云："我生无田食破砚"），旱灾、涝灾、蝗灾对它都奈何不了，真正能做到一分耕耘，一分收获。"砚田无恶岁"这句诗，对于文化人具有警示与鼓舞的双重意义。

千百年来在"砚田"上笔耕的中国诗人，要算陆游最多产，他一生写了九千多首诗。这位宋代诗人到了晚年的时候，把自己的创作心得浓缩成了两句诗："汝果欲学诗，工夫在诗外"和"文章本天成，妙手偶得之"。这种"妙手天成"的"诗外"内功，当然也是只可意会不可言传的。

但翻阅《陆放翁全集》，你能发现，他对日常生活中的诗意

---

① 本文创作于 2005 年。（编者注）

的捕捉是极其敏锐的。

一个盲人唱着叙事的曲儿走过，别人也许熟视无睹，陆游却回到家里写了一首七绝："斜阳古柳赵家庄，负鼓盲翁正作坊，死后是非谁管得，满村听说蔡中郎。"

几百年后的中国戏剧史专家，就要根据陆游的这首题为"小舟游近村舍舟步归"的七绝做出学术判断：最迟到南宋年间，中国就有了串乡走村的民间流浪说唱艺人。

而陆游又有多么强烈的与人交流、向人倾诉的欲望呀！就是晚年贫病交迫，他也要乐观地作诗明志："饥能坚志节，病可养精神，不动成黑卧，微劳学鸟伸"；而当死神就要扼住诗人喉咙的时刻，他还拼尽全力，唱出了心灵的最强音："死去元知万事空，但悲不见九州同，王师北定中原日，家祭无忘告乃翁。"

陆游的诗里也有几处提及砚台的，如"苍砚有池残墨在，白头不枥乱书围"。请想象一下这幅"皓首穷经"图：诗人端坐桌前，堆书及肩，埋首其间，不经梳栉的白发与残墨尚存的苍砚交相辉映……说到底，"砚田无恶岁"的真理，是靠读书人的勤奋耕耘支持的。

可惜，我既不能像古代人那样驭使笔砚，也不能像现代人那样操纵电脑，我写文章就是用圆珠笔一笔一笔地写在五百字一张的稿纸上。

一年前，我又从潘家园旧货市场买回一方砚台，还是因为喜欢刻在砚背上的铭文，砚铭才三个字："君之田"。是的，这五百字一张的稿子就是我的"田"。我要好好耕耘。

重新生活

……难得下乡，想一个人在乡间的小路上走走，感受一下山村的夜色。走着，走着，扑通一声，掉下去了。（顿）塞翁失马，安知非福。当我坐在井底下，独自一个人，我好像到了另外一个世界。我感觉到似乎触到了某种生之奥秘。井底黑格洞洞，伸手不见五指，但地下的泉水在我手指间流淌。泉水、大地和我，成了一个整体。刚刚落到井里，本能地害怕过、呼救过。这时我反倒沉静下来，但心里的激动，简直无法形容。抬头一看，看到了一小块星空。自然会想到"坐井观天"这句成语。（顿）研究了几年布莱希特，总是不得要领。这回"坐井观天"与尘世拉开了一段距离，才像是领悟到"间离效果"的要义。真静下心来"坐井观天"的时候，我可以有把握地说，第一个带着贬义说出"坐井观天"这句话的人，肯定没有"坐井观天"的生活体验。"坐井而观天，曰天小者，非天小也。"这是唐代文人韩愈说的。可我坐在井里观天，一点不觉得天小。我的眼界从来没有像我那次在井里看天那么宽阔过。因为我头一次领略到了大地的神秘，宇宙的博大。我坐在潮湿的井底里，泉水在我手心里涌动。十指连心啊！我兴奋得眼泪流了出来。我突然感觉到我脸颊上的泪水像我手心里的泉水一样的干净。我突然顿悟，人不必死亡，照样可以涅槃。我下了决心，只要活着从井底里出来，我就要重新生活，过另一种生活。

1996年3月1日。早上醒来，有了灵感。起念为一个假定的剧本里的假定的人物，拟写一篇戏剧独白。于是有了上边的那些文字。

也是从这一天起，开始为《读译文丛》编选一本自己的书。断断续续，编了一个月。脑子游移在几十篇旧稿的字里行间，思想经受着一次次"否定之否定"的自审。既痛苦又欢乐。

今天，1996年4月2日。书稿总算编出。书名也确定了下来——"惜别樱桃园"。那感受，像是——蝉蜕去了壳，蛹咬破了茧，落井的人爬到了井口。

人生七十古来稀

（代跋）

过了七十岁，我有段时间会半开玩笑半认真地向人发问："如果有一天你听到了我的死讯，你会哭吗？"

问的多是与我相熟的年轻人，而且女性居多。她们心软，我估计她们会说："我会哭的。"我希望听到这样的回答，我也确实听到了这样的回答。

但有一次出现了意外。青年导演张子一听到我的发问，立即喝止我："童老师，不许你这么说！"

我看到，眼泪在她的眼眶里打转。

其时，我正在写作《一双眼睛两条河》。这个剧本最后就这么结尾——

黄雨 （突然）我长你十岁，自然会死在你前边。如果有一天你听到了我的死讯……

白露 （抢过话头、严厉地但也带着哭腔）不许这样说！（顿）如果你是这个心态，何不把"一双眼睛两条河"改成"一双眼睛两行泪"？！

〔静场

黄雨　世上哪条河里没有眼泪？

〔两人再也没有说话，静静地坐着，眼睛注视着观众席

此剧于 2013 年 11 月 26 日首演，以朗读剧形式与观众见面，导演就是张子一。那天，有好几位戏剧圈的朋友也坐在观众席里，其中就有王晓鹰导演。

第二天，读到晓鹰的微博：

　　一整天的紧张排演，加开会后，在蓬蒿剧场听童道明老师的《一双眼睛两条河》，两个演员郭笑和紫彤对坐在一圈观众或听众中间，在钢琴的轻轻陪伴下，读诗歌，听《安魂曲》，谈普希金、李白，谈莫名的感情，这实在太奢侈了……

扮演白露的吴紫彤也在微博上写了一句：

　　能读童道明先生的文字，好幸福。

从此，我再也没有向人问起过这个与死亡沾了边的问题，反倒在心里常常默吟契诃夫的一句话：

　　随着年岁的增长，我生命的脉搏跳动得愈加有力了。

2016 年 2 月 5 日

后记

书有书的命运。

孕育这本书的那颗种子，是如何落地生根、开花结果，也是个温馨的故事。

2015年10月19日，在北京举行了冯至诞生110周年的纪念会，我恰好与冯老的入室弟子杨武能教授邻座。发言过后，杨先生悄声对我说："你的发言让我感动，我几乎要哭。"半个月后，杨教授打来电话，说四川文艺出版社要出套散文随笔丛书，他已经把我推荐给了出版社的总编辑。果不其然，半个月后，我就接到了张庆宁总编辑从成都打来的约稿电话。她说得如此恳切，让我感动。让我相信，这将是一次极为愉快的合作。我随即把自己的几本散文随笔集寄了过去，供他们选用。

两个月之后，责编刘芳念小姐把书的目录和书稿一起快递给了我。

一看目录，我就确信她是很仔细地读过我寄去的书的。对文章的选择与编排，也显示了她不俗的审美眼光与专业水准。芳念还说，她给这本书编写文章的篇目时，觉得"十分有趣"。我祈望这本书的未来的读者也能从中读出趣味来。

2016年3月15日